U0807254

CUNEI
F●RM
铸刻文化

單讀 One-way Street

世间的火：
初为人母的故事

张畅
著

上海译文出版社

图书在版编目（CIP）数据

世间的火：初为人母的故事 / 张畅著. -- 上海：上海译文出版社，2025. 7. -- ISBN 978-7-5327-9949-7

Ⅰ. I267

中国国家版本馆CIP数据核字第20259JQ969号

世间的火：初为人母的故事

张畅　著

责任编辑 / 李欣祯　　装帧设计 / 李政坷　欧乐沅

上海译文出版社有限公司出版、发行
网址：www.yiwen.com.cn
201101　上海市闵行区号景路159弄B座
山东临沂新华印刷物流集团有限责任公司印刷

开本 787×960　1/32　印张 8　插页 2　字数 92,000
2025年7月第1版　2025年7月第1次印刷
印数：0,001 — 7,000 册

ISBN 978-7-5327-9949-7
定价：52.00元

献给亲爱的久久

陪你玩耍时，这些文字慢慢成型

献给我的母亲

我们共享的生命记忆，支撑了我的创作

目 录

几乎无法对外界解释做母亲的体验。做母亲时，女性放弃了自己的公众价值，以换取一系列私人意义。如同某些人耳听不见的声音一样，别人很难识别这种私人意义。

——蕾切尔·卡斯克（Rachel Cusk）

《成为母亲：一名知识女性的自白》

在文学的层面，母性是一个尚未被发现的国度。

——莎拉·鲁尔（Sarah Ruhl）

经历过这样一件事，无论事情本身如何，都赋予了人不受时效限制的书写的权利。真相不分贵贱。如果我没有达到体验的最深处，我便使女性的现实处境继续被隐匿在黑暗之中，我便让自己站在了统治世界的男性一边。

——安妮·埃尔诺（Annie Ernaux）《事件》

序

认识新生的孩子，是从一个音节开始的。

在医院阒然无声的病房，刚刚经历 17 个小时的生产，我难以入眠。

“诶”，声音是从脚边的小床发出的。你来到世间几小时，在第一声啼哭之后一直安静着。直到像叫住街上一个陌生人那样，你猝不及防发出了脆生生的——“诶”。

你的声音从胎心监护仪传出的单调心跳，变成另一种生命的光谱：不同音调的啼哭，吸吮乳汁的声音，黑夜里逗趣的一声“诶”，睡梦中咂嘴，咿咿呀呀的“婴语”，咯咯的笑声。一开始我还不能适应，不知道怎么和这样崭新的你开启话题。后来我试着回应你的每一次发声。和你说话的感觉很奇妙，它不像是和别的人交流，更像是回应自己内心的呓语。语词像一束光射向幽深的宇宙，我的童年、历史、记忆、故土则化作星球徜徉其中，一一点亮。

半岁，坐和爬的技能还在酝酿中，你躺在爸爸身边，看他抬腿抓住双脚。在我们的鼓励下，你居然也照做了，抬起两只脚丫，牢牢抓在手里。那是你第一次根据外界指令作出反应，大概也是第一次意识到自己的手脚在意识的支配范围之内。成功抓住双脚后，你用语义不明的声音大喊，像在宣告一场得来不易的胜利。

一岁，你对身边的物理世界产生了浓厚兴趣。那感觉就像，世界如一幅画，终于在你眼前展开。

夏天，吃过晚饭，我们会带你到楼下遛弯。最初只因为你在家会很暴躁，无论是在地垫上还是怀里、床上还是地上，都没法让你满意。

出门却不一样。你挥舞小手，“啊啊”叫着，不停地问这问那。这是垃圾桶，那是电动车，理发店，公交车，双层巴士，自行车。得到回应后，你便心满意足地放下了手。你的小手挥得紧，目标太空泛，我们只好猜，将那一带的一切都描述给你听。奇怪的是，某个词出现时，你的手放下了，你安静了。

我感到纳闷，莫非你在提问时内心就已有了答案。既然已经知晓答案，你又为什么那样热切地提问？熟悉的音节一个个蹦入你的耳朵，会特别使你心安吗？难道说，世界万物各安其位，秩序井然，能让你无比平静？

真遗憾你没有生在一片更广阔、更贴近自然，或是更有生活气的地方。那样你第一眼所见的，就不只有交通工具和马路上的标识，而是绿树、花草、群山、海浪、不知名字的鸟雀。你兴许还会认识泥土里的虫、树上的果实、田间的青菜、早晨的清风和夜里的虫鸣。这些意象会根植进你的古早记忆，就像它们对我做的那样，起初只是潜伏、不语，然后在某个节点被唤醒，化作乡愁，一种足以抵抗现实的能量。

一岁半，你先是认识了挂图里消防员扑灭的火，之后从绘本、贴纸、卡片里找到了火。一天，你冲进厨房，准确指出了煤气灶上燃烧的火。熏香捻子上跳动的火苗，过年夜空绽放的彩色烟花，生日蜡烛闪耀的火焰。

你认识了世间所有的火。

一岁零八个月，一个名称，任何名称，都会点亮你脑袋里的小灯泡。有了词语电流的刺激，它“啪”一下亮了，你迅速伸出手指，指出所有和某个语音相关联的物体。你还不会说话，却已确知万物存在的基本规律、人类社会的运行基础。

可惜我最多只能从外部了解你，比如你发出的声音，做出的动作，浮现的表情；比如你不断生长的头发、指甲，你的手，你的脚。可你的记忆如何运作，你如何理解周遭，仍是未解的谜团。

你会记得一次哭闹的理由吗？比如没舔到窗框里蓄积的雨水，吃掉的橘子瓣越来越小，食物没有及时放进你的餐碗，蓝牙音箱里的音乐突然停止，穿一件不熟悉的新衣服。

你会记得隔壁每天和你打招呼的奶奶吗？她和老伴无儿无女，每天非要看你一眼、和你说几句话才安心。你吃过她送来的南瓜、樱桃、大米，作为回礼我也送去了月饼、苹果、松子和红肠。我们生活在以物易物的古老情意之中。

你会记得我们因为一次疏忽而懊恼，想满足你却担心把你惯坏吗？人生第一次拥有了替别人做决定的权利，我们都有些不知所措。你跌倒了，但并不严重，我们会悄悄使眼色，再佯装淡定扶起你，不表露过多的疼惜。

你非要做一件不合常理的事，比如用手挖出阳台一盆花的土，试图钻进两扇窗之间的狭小缝隙，或是抠掉飘窗下方剥落的一块墙皮。我们都不是那种喜欢向别人发号施令的人，也不太擅长制止和专断。经历了一番天人之战，考量了社会惯习、清理的代价、自由与放任之间的复杂关系，我们决心直接将你抱走。你的哭声是对我们最严厉的拷问：你有权这样做吗？

原来做父母最难的地方，在于负担超越个人经验和能力的抉择。仅有爱是不够的。

成为母亲之前，生育于我是一项无比重大的决定，它牵涉太多——身体和精神状态、住房状况、职业生涯、未来规划。成为母亲之后，生育不再是一个决定，而是每时每刻的倾注，是迥然有别的生命体验，也是一个全新叙事的开端。它意味着和另一个人建立生命中从未有过的深刻联结；意味着一次次和自己的童年重逢，一遍遍探求是什么构成了今天的我。

生育同时也意味着重新定义生活本身：来这人世走一遭，除了安于享乐，人的潜能边界在哪里，对一个人的付出和忍耐能抵达何种程度，以及在自由被剥夺、自我被挤压的情况下，能过怎样的生活，如何去爱和被爱。仔细想想，我好像的确不曾这样深厚无私地爱过一个人，只要看到你，抱紧你软乎乎的身体，曾经困扰自己的灰色调的东西随即烟消云散。经历过无所适从、质疑一切的时期，需要我守护的人出现了，我反而成了被守护的那个——竟也开始期盼未来。

这些课题的答案、体验的感情，从前仅停留在想象的表层，全靠阅读填充，如今却变成了日复一日实实在在的实践。我自己也从一个备受存在主义危机拷问的人，重新回到地面，回到日常。

因为你的存在，我无时无刻不在反省为人父母本能的操控欲。那些内心反复衡量留下的模棱两可的空当，看起来更像是家长无能的妥协、宠溺的证据，你会理解吗？会记得吗？

我知道你大概率不会记得。但我们依旧努力按照我们所理解的最妥善的方式对待你。这么说不是为了凸显身为父母的我们多么善解人意，更不期待你今后的回馈。现实情况是，我们太生涩、太谨慎，大多数时候都在质疑自己。

和你讲述这些，并不想徒增你的压力，只想说：我们全心全意地对待你，完全是出于我们自身的需要——成为你最温暖的底色，像你充实我们的生命那样使你轻快丰盈。

就像曾经的我只是一厢情愿幻想有你的生活，并不代表诸如此类的生存和寻找全是为了你。不是的。我们那样做，是为了自己生活得更好。

而你的存在，又让我们琐碎乏味的此刻有了一份超越时间的意义。

第一章　居所

1

第一次知道你的存在，是一个秋天，树叶刚开始变黄，空气里银杏的苦味还未散去。我骑上单车，哼着歌，在午后的马路上飞驰。周遭的一切像万花筒，以炫目的光影在太阳底下流动。

家附近的公园里，孩子们闯入我的视线：奔跑，嬉闹，在草坪上放风筝。脱离了童年和青少年时期，迈入成人世界的我，只一心追求着个人的成长和善好，从未认真留意孩童们的存在。等到周围的人陆续踏入婚育之门，我依然近乎固执地相信：生孩子根本不算是“我”自身的生活，而是向外索取意义——人应当主宰自己的生活，坚定地寻找自我的价值。生育则更像是一种无可奈何的缴械投降，是女性违抗自身命运的一次失败。

多年来我接受的教育、信奉的价值，从来不包括生下一个孩子。

骑上单车飞驰的我刚满31岁，毕业后来北京生活的第六年，搬过三次家，换了三份工作，刚刚靠薪水还完一笔留学贷款；不算稳定，但已经比大多数人幸运。没露宿过街头，没住过地下室，不曾被房东从出租屋赶走，不需要帮衬家里，收入不多但足够日常开销。

可我的真实生活由什么构成呢？一间每年续约都会涨价的出租屋，一份随叫随到、耗费心力的工作，每天往返三小时地铁通勤，每月一次出差，配送距离以内的几家外卖，综艺节目和周末人满为患的商场。

身在异乡的若干时节，哪怕有了一份工作、一处住址、一个可信赖的人，我仍会在夜里醒来，感到无边黑暗朝自己倾倒，而我所面对的世界是如此空荡，熟悉的人事物都已不在身边。爸妈远在东北老家，家中见证我长大的几位长辈相继过世，几个堂兄堂姐去了南方，年节都难见面；一起长大的表弟在加拿大工作，结婚生子；大学时的挚友不知身在何方，只留下寥寥可数的记忆片段。我信任的人要么死了，要么在变老。唯有在人群中默念他们的名字，能让我短暂心安。走在巨物般的城市中，我没有一刻感受到自己是安全的、未来是可预见的、生活是称心如意的。我根本无法将这种失落感解释给任何人听，因为所有人都觉得，我得到的已经够多了。

晚高峰的地铁，窗外漆黑一片，人潮中浮沉，昏昏欲睡。和我一样忍受拥挤的人们静默着，紧盯一个个发亮的屏幕，拇指翻飞，面无表情。他们在想什么？过怎样的生活？除了生存还有什么别的愿望？假如一颗陨石在此刻击中这节车厢，火光四溅，轰然炸响，烈焰和气浪吞噬一切，我们就这样停留在此刻吗？

如此生活几十年，然后呢？

毕业后第一份工作，工牌的绑带是宝石蓝色的，照片上的我还在读大学，对高楼大厦里工作的白领抱有浪漫的想象。早晚高峰的地铁车厢，那块塑料工牌被人潮卷席着，脖子勒得生疼，可我仍高昂着头，故意不摘掉它。我把它看作在这座城市立足的明证——经过长达十八年的学校教育，这个人终于脱离了父母的资助，为自己挣得了生存的口粮。

入职一周后，我将全部衣物塞进两个行李箱，背上陪伴我两年的木吉他，从 100 块一晚的旅馆搬出来，一路拖拽进一间六层的临街旧板房，40 平方米，一居室，月租金 4000 块，没有电梯，没有院子，楼底下是两排用于占车位的铁皮椅子。夏天，狗尿味从树坑漫溢开来，屋内墙上满是蚊子留下的血迹。

一周前，租房中介带我来看了这间建于 1980 年的老房。过去两年，我一直在美国加州求学，那里农场广袤，人烟稀少。暑假回国，在上海转机。当晚，站在弄堂口，眼见大排档人声鼎沸、火光攒动、招呼声此起彼伏，竟感动得无以复加，这才意识到自己比任何时候都需要人间烟火气。而这栋房子楼下就是菜市场、早餐摊，上班路上吃一口豆浆、油条、煎饼果子，顺便旁观老人们为一斤苹果、两根葱砍价，空缺已久的故土情结终于补全。

在国外读书期间，从学校去超市要横跨三个市镇，每个周末需乘坐校园大巴往返三小时，用背包和手提袋扛回一个星期的口粮。无论如何精细谋划，差错总会发生：一个冬夜，苦等一小时没等来当晚的班车，又没有其他公共交通工具，只好打电话求助同学，请他开车来接；街区路灯昏暗，相似的公寓楼黑魆魆看不分明，班车没有报站，很难把握好按下 STOP（停车）键的时机，动辄坐过站，只得凭蛮力将满当当几大包食材扛回家。

一次从超市返回公寓后，我发现自己竟忘记买鸡蛋。在冰箱前站立许久，我的内心被懊恼吞噬，怎么都没办法原谅自己。觍着脸跑去隔壁，向大学一道来读研究生的老同学借两颗鸡蛋。她从冰箱门上取出鸡蛋，一颗，两颗，郑重交给我。我至今记得她的眼神，坚定和犹疑交替闪烁。手握两颗鸡蛋，穿过无人的走廊，心里蓦然安稳。走廊尽头，弗里达·卡罗的巨幅画作上，梳马尾辫、皮肤黝黑的墨西哥女孩背对着我跪坐在地上，环抱一大丛高出她头顶的奶白色水仙花。

和中介签下这套房，租金押一付三，卡里余额不够用。临近傍晚，我冲到银行办理转账，验证码按照银行预留的手机号发给了远在哈尔滨的母亲，却始终联系不上她。中介的签约系统即将关闭，我在银行柜台前失了神。平时最讨厌那些破坏规则、随便插队的人，不管怎么说插队都有违我对自己的要求。但如果这次签约不成，意味着接下来的几天又要奔去找别的住所。无奈之下，我跑去央求前面排队的人，可不可以让我先办理。

“您可别和我来这套！”排在我前面一个五六十岁的红裙子女人高声道，“我也跟这儿排了一下午了，大家都有事儿！您先问问他们同不同意！”她的音量过高，银行办事大厅内，所有人齐刷刷望过来，众人的目光在那个傍晚将我从头到脚穿透。慌乱之中，手中整沓租房材料散落在地上。我俯身去捡，接到了母亲打来的电话。

“妈——”被抑制的哭泣只剩下颤抖的嗓音，“对，租房子用。”落在我身上的目光，如演出结束后的舞台灯光收拢起来，人声倏地盖过我的声音。一切归于平常。此后多年，每当有求于人、不得已暴露自己软弱的一面时，我都会想起那个红裙子女人的注视，她和我母亲差不多同龄。

比我还年长的楼很快露出溃败的端倪：第一个星期，马桶的冲水按钮失灵、淋浴喷头掉落；第二个星期，厨房的下水道堵塞，原本要洗手，最后连脚也一起洗了；第三个星期，窗子的把手掉落；第四个星期，房门的锁锈住了，怎么拧都锁不上；之后断网、停电、漏水、漏电、漏煤气，我和那间老屋轮番交战。

居委会负责维修的大爷年过六旬，常年穿一件白布衫。接到我的电话，他来了几次，举起锤子敲敲打打，离开后报修的物件并无改观。每回报修，依然是他来。

一天早上，我在烧煳的烟熏味中惊醒，发现客厅的墙壁上赫然出现了一个洞，踮脚朝洞口看去，小小的火星在缠绕的电线之间忽明忽暗，再向上望，水渍从天花板一边漫延至洞口。随消防队上楼查看，门虚掩，敲开门，客厅洗衣机漏的水已浸泡大片地砖，位置恰在那处洞口上方。电线短路。消防人员在笔录上写，随后让我签了字，便离开了。

泛着白色泡沫的水汩汩从洗衣机底下涌出。开门的男人听我说完，转头拔掉洗衣机的电源，重新躺回到床上。格局相同的卧室，俨然一间大学宿舍，上下铺加上客厅帘子隔出的空间，住了不下十人。我这才恍然明白为何每日午夜一过，酒瓶撞击地板的声音、麻将滚落的声音、聊天声、喊叫声就从头顶传来。正赶上社区群租房查得严，这群在附近餐馆打工的男人住了半年，便搬去了别处。

日子久了，人间烟火气的魅力也在消退。每天清晨去上班，需要跨过一百种气味和一千道尘土。小区楼下标明分类的垃圾桶倾倒的菜汤、瓜子皮、纸盒箱和啤酒瓶，提着菜篮吆喝着“贱卖”的果农菜商，小摊边抻长了的油条“滋啦啦”下了锅，煎饼果子里的烤肠有一股塑料胶质的气味，老人们牵的狗在贴满小广告的电线杆子底下撒泡尿，挂在路边甩货的毛衣散发出樟脑丸和毛线发霉的气味。往来穿行于人群中间烧汽油的电动三轮车，扑面而来的汽车尾气，随时从脚边一掠而过的痰，还有无处不在的烟民吐出的几口烟。

若碰巧下了雨，路边停了工的地下电缆无人看管，黄土搅着雨水沿马路边缘倾泻而下。塌陷的地面上虚铺着几块开裂的砖，一不留神踩上去就会溅一身的泥。急着拉客的出租车一声鸣笛直冲过去，水坑中的泥汤在雨后阳光的映照下腾起一道色彩斑斓的虹。

左邻右舍频繁装修的电钻爆发出轰鸣，从下水道蹿出的蚊蝇惊扰着睡眠，楼下晚归的醉汉在路边呕吐、叫嚷、大声争吵，临街的餐馆循环播放着《小苹果》

和《青春修炼手册》，摊贩的叫卖声一浪高过一浪。我盘腿坐在床上写无人知晓的诗：“生活啊 / 你为什么不是刀斧利刃 / 劈开我内心的冰封 / 偏偏做那绵延无尽的电钻 / 一寸一寸 / 将我的高傲和矜持 / 凿穿 / 击落。”

比噪声、气味和尘土更使人忧心的还有钱：每月 10 号发工资，11 号交房租，工资只在账户停留不到一天。偶尔延后一天发工资，房租就岌岌可危了，一天要罚几十块钱。

有家媒体正在做“名校留学生回国后的生存现状”的报道，他们通过网络找到我，我如实讲了。对方觉得这并不能说明什么。“我们想要的故事是像这种的：常年住地下室，看不见阳光，最后抑郁了，”记者在电话里解释道，“说白了就是得够惨，读者才爱看。”我说我住五楼，能看见阳光，目前也不抑郁。对方挂断电话。一周后，那家媒体刊发的文章里，我读到一位英国剑桥大学毕业的博士，在北京找不到工作，租住在地下室，吃发霉的食物。

我最终还是搬离了那里，倒不是因为居住条件，而是因为每天挤不上地铁，上班容易迟到，会被扣钱。

数不清多少个早上，地铁满载乘客呼啸而过，连续十几趟没有多余的空间容我挤上去。一次地铁线路故障，共享单车尚未普及，公交车不直达，出租车打不到，人像热锅上的蚂蚁在地铁口乱转，到了公司还要被领导谈话，这才下定决心要搬走。

从城东搬到城北的出租屋，货车拉着我们，身后载着在北京两年的全部家当—— 一辆自行车，一把吉他，一张折叠桌，两把椅子，三大箱书，塞满衣物和被褥的几件行李箱。车子在三环公路上飞驰，阳光透过车窗洒在身上。我欢欣雀跃，忍不住唱起歌。

那是一种前所未有的自由：就这样开下去，随便去哪里都可以。陪在我身边的，有这一车家当，还有一个大学就在一起的人。

2

在你来到我这个临时居所之前，我们一直努力在这座城市找一个叫家的地方。每在一地落脚，过上一种生活，日常变为稳定的一日三餐，四季两人，我都会偷偷想象：有没有这样的可能，我们的生活可以容纳两人之外的你存在？不是计划，不是决定，也不是选择，仅仅是想象，在坚实致密的生活缝隙中悄悄生长出来的想象而已。

我们很快就放弃了。不是放弃你，而是不想让你在那样的境况中出生、长大，比如没有客厅也放不下洗澡盆的卫生间，蚊虫肆虐，漏水漏电，甚至会发生入室抢劫的“老破小”。为了生存，我们觉得那样的房子，那样的地段、租金、环境，是我们能承受的，生活并不算糟。但放在你身上，我们似乎又没办法接受。

为了学有所用，找一份和“理想”相配的工作，返回家乡反而不现实。于是我们在这偌大城市里笨拙地移动，寻找能度过每一天的东西。结束一整天的工作，我们像两只长途迁徙的候鸟，跨越大半个城市向城北飞去。我们移动，我们寻找，同时我们偷偷想象你的存在——你在哪里，会如何看待这一切，怎样平安无虞地长大，会将哪里认作故乡。

因为实在无法想象，我们很长一段时间拒绝了你诞生的可能。嘈杂的声音总会有，比如“孩子怎么都能长大”“困难年代还不是一样生”“现在的年轻人就是自私”。相当长一段时间，我们格外抗拒生育的话题，无论是年节的家庭聚餐，还是朋友间的闲聊。

看起来我们是在逃避什么，但实际上，我们已经默默设想了你存在的种种可能，却被现实狠狠否定了。结婚了吗，有要孩子的计划吗，有相关工作经验吗，不我们解决不了户口，是的也没有工作居住证，不解决子女入学，假设有了孩子之后，你能平衡好工作和生活吗。我刚毕业，坐在形形色色的面试官面前，像抵挡子弹一样抵挡一连串的问题。怎样仅凭一纸简历和言语本身证明自己，是初入社会的我们最大的软肋。

和你说这些，其实是想说，我们一直身处诸多可能性之中，面临无数条难以预见结果的路径。人是这样有限，又是这样孤独，很多时候甚至不能够完全决定自己的去路。我很庆幸能有这个机会和你讲述我的有限，我的无知无措。它本质上是一种面对无法左右事物时的无力和彷徨：我们有没有准备好？我们够格吗？我们做了对的选择吗？

我相信，这不仅仅是个人选择的问题，症结不在坚强或脆弱，也无关乎是非对错。我所描述的是一种结果，亦是构成它的若干情境。在诸多时刻，跻身其中的个体无力扭转，为了继续生存下去，必须想方设法从内心找平衡。倘若内心力量不足以支撑现实中一路溃败的颓势，一种更广泛的时代症候便显现出来。

在你出生的三年前，2020 年年底，疫情趋于平缓。每逢周末，我们会事先选定一个区域，乘地铁或公交过去，在不同小区的外围散步，观察那里的街道、商超、学校、楼群、车站，想象自己生活在其中的样子。每遇到一条规整的街道，一幢外观精美的楼，一个绿化不错的小区，我都会偷偷猜想：到底什么人住在里面；在过往的人生中，我付出的努力还有什么不足，哪些机遇被我白白错失了。“如果努力有用的话，这世上还有穷人吗？”我自言自语，话音飘在空气中，像一缕烟。

几周下来，我们多少有些心灰意冷。能力可负担的房子就这么多，五六十套看下来竟没有一处合适。有的紧邻公交站和铁道线，地铁从房子底下穿行，轰隆声沿墙体蔓延至整个房间；有的太破太旧，没有电梯，走廊布满裸露的电线；有的次卧或厨房没有窗子，不开灯时一片昏黑；有的朝向不合理，不是太晒就是太阴冷；有的房间是用隔断打出来的，没有孩子活动和居住的空间。

我一直记得有个装修精致的房子，墙体和天花板呈淡紫色，衣帽间闪亮如商场卖金银珠宝的柜台。年轻的女主人戴着口罩，靠坐在沙发上，不多说话，一举一动、说话呼吸都透着疲惫。中介说房子刚装修完，使用的材料是品质最好的，整体价位也算合理。从这间过于精美的房子出来，等中介沟通下一家看房的时间，我盯着单元门口层层叠叠的小广告，忍不住想那位女士究竟经历了什么，为什么会有一间房子那么美丽又那么悲伤。“它很好，但感觉它并不属于我。”我对中介说。我想象不出自己住在里面的样子。

11 月，入冬后下了场雪，气温骤降。坐在房产中介的电动车后座，风从脖领直灌进来。我们踏着风雪走进现在的房子，厚厚的棉衣底下，冻僵的身体瞬间感到了暖意。

高楼层，窗外没有遮挡。夜幕降临后，从阳台能望见万家灯火。客厅的墙面洁白平整，如果拆掉几个摆放装饰品的木架，可以做一整面墙的书架。长长的走廊虽浪费了面积，却让主卧隐蔽安静，走廊两侧可以设计成家庭照片墙、乐高玩乐区或小小的图书馆。最关键的是，每个空间都有一扇窗，不会阻挡阳光和空气。

零下十几度的冬天，屋里暖极了，房东一身薄薄的秋衣迎接了我们，飞奔过来的还有一只纯黑色的巴哥。“疫情隔离在家，我一边在客厅跑步一边看窗外的景色。”他说。城市是个有趣的地方，我想，街道、楼群和绿化带也能叫“景色”。他指着卧室阳台上的一盆多肉，“你们住进来的话，这盆留给你们，我母亲生前种的”。

那丛小小的多肉盆栽，和我们需要应对的大事件截然不同，果实般的植物扎根在白色的碎石子中间，毫不理会我们贸然闯入。你出生后，奶奶从老家赶来帮忙照顾你。难得休息的间隙，她买来一株十二卷、一株星王子，栽种在原有的多肉花盆里。以此为起点，阳台飘窗上一夜之间摆满了鲜花绿植。我成天抱着你在屋里转悠，少有外出的机会，有时难免单调疲惫。奶奶的花园是在现实以外延伸出来的触角，一盆盆植物像慢悠悠的日子在呼吸。

就是这里了。这里的生活至少是可以想象的。第二年春天，我们带上全部家当，浩浩荡荡搬进了新家。收拾停当的那个晚上，房间熄了灯，窗外层层叠叠的楼宇像黑夜里的萤火，遥远又迫近，浮在半空，似梦似幻。

想不到我们也有了自己的房子。我说。

是啊，我们的家。他说。

3

家，既是空间也是时间。除了栖身其中的居所，家还是一个人溯洄时间之流的绝对原点。正如理解童年需在长大成人之后，真正理解家的意义往往在离家之后。这也是我们存在的部分意义所在：不活过一定年纪，人很难理解特定年纪所负载的人生。

我家有个传统，逢年过节会有人将柜子里的老相册一一摆上茶几。没有人刻意做这件事，所以算不得多么正式的仪式，而更像是出于怀旧的习惯，代替手机在茶余饭后消磨时间。随手翻开相册，挑一张照片，讲一个故事，其他人再补充细节，让故事无限贴近真实。我对我们家的认识除却自身经验以外，多半是通过这些口口相传、不断修正、整全的故事。

“教堂附近的家真小。你还记得这个书包吧？我这件红色羽绒服，穿了多少年。”母亲指着其中一张照片：我们一家三口穿着厚厚的羽绒服，用废弃的胶卷制成护目镜，站在院子里看日食。院外是一座始建于20世纪初的东正教教堂，墨绿色的洋葱头穹顶，砖红色的外墙，拱形采光窗和我家隔窗相望。日落时分，颂歌和晚霞一道降临，将我家西侧的屋子点亮。

“当然记得，有天你带回一个新书包，给我高兴坏了。”上小学前夕，母亲为我买了一只新书包，红黄蓝配色，拉锁是小动物的图案。我将家里的书一股脑装进书包，背着它在床上蹦啊蹦，直到气喘吁吁倒在床上，背上压着令人喜悦的重量。我终于拥有了属于自己的财产，还是一件实用的容器，可以将心爱之物随身携带。没有哪个孩子能抵挡这种诱惑。

我当然也记得那件红羽绒服，下摆垂到母亲的膝盖，面料因反复洗刷显出粉红。有天上学，同桌用橡皮泥捏了一只陀螺，它掉在地上，被我不小心踩扁了。

盛怒之下，男孩抄起我书桌上的文具盒，几根铅笔、钢笔、一把尺子纷纷在他手中折断。漫长的下午，用借来的文具写字，除了伤心还有担心：自己好像闯了不小的祸。

放学后，母亲照例在学校附近的路对面等我。那天下着大雪，我心爱的书包里背着残缺不全的文具，在雪地里一步一趔趄。转过街角，踩着咯吱作响的落雪穿过车流，远远看见母亲的红羽绒服。我一头扎进去，放声大哭。母亲掸掉我帽子和书包上的雪，从兜里掏出手帕，替我擦掉眼泪和鼻涕。她听我说完，反倒松了口气，笑说：那有什么关系，明天妈妈带你去买新的。

时至今日，我依然记得那一刻的如释重负。黑下去的天空瞬间光明如白昼，雪花纷纷扬扬，在半空轻盈舞蹈。母亲牵起我的手，带我回家。

原来这就是我曾经拥有的东西：无论遭遇何种困境，总有人替我兜底，牵我的手带我回家。

过去翻开旧相册，我的注意力多半集中在自己身上。最近几年，尤其过了 30 岁以后，照片里的其他人终于从背景走向台前，进入我的视线。和我现在一般大的母亲抱着我坐在松花江边的台阶上，她望向江面的时候心里在想什么呢？爸爸出差回来，带给我一个会眨眼、喊妈妈的洋娃娃，他买下那个娃娃，期待的是什么呢？

照片里的大人们曾经遥不可及，无论空间还是时间：他们身上携带着我不了解的世界，经历过我无从知晓的人生。现如今，我和那时的他们长成一样的年纪。他们也像我现在这样时时刻刻不知道怎么办才好吗？也在同自己无法掌控的复杂事物相抗衡吗？

年节的聚会上，他们笑得那样恣意，冲镜头笑，仰面大笑，捂嘴偷笑，鼓掌欢笑，他们在笑什么呢？莫非我这个小东西给他们带去过不少欢乐？

“咱们从前过年，一大家子的人，真热闹啊。”那是上个世纪 90 年代，从小年开始，老家就在备年货了——从集市上提回来几条鱼、包饺子用的面粉，当然还有东北炖菜必备的土豆、茄子、豆角、白菜、猪肉和粉条。运气好的话，还能买到小巧、鲜嫩的本地鸡，外加一条活蹦乱跳的大马哈，带着粉嫩剔透的鱼籽。

从灶台旁边的缸里捞出两棵腌好的酸菜，从院子里的大棚取出用纱布包裹的黄澄澄的红小豆包，还有一截收秋菜时买来的大葱。它们在严冬中冻得梆梆硬，在被炭火烤得暖洋洋的屋子里，很快结出一层白砂糖似的霜。

老家的炕头，支开圆桌，围坐一大家子人，嗑瓜子，剥橘子，含一颗杂拌儿糖，边打扑克搓麻将边侃起邻家的老老小小。谁家的媳妇漂亮，老谁家小谁要上学了，谁又在相对象。一家人谈起二三十年前的往事，致密的话语在酒杯间飞舞，儿时的我瞪大眼睛细细听去，仿佛在听一段遥远的神话。

开灶做饭，过程悠长，往往先闻见五常米香，紧接着各种佐料喷香扑鼻，鸡蛋酱的黏稠，香菜小葱黄瓜水萝卜的清爽，香油酱油料酒的滑腻，猪肉丁炝在锅底，鸡肉块在葱姜蒜花椒大料中翻炒。屋里也不闲着，和面的，掐剂子的，擀饺子皮的，和饺子馅的，包饺子的，端盖帘的，下锅的。小孩子跟着凑热闹，非要包几个奇形怪状的饺子。饺子煮好，上桌，开动之前要先认一认哪个是谁包的。

照片背景里的电视奇小，一个灰色的方块盒子，屏幕上时不时出麻点，两根电线怎么摆弄都不对。只有一个台，遥控器也不需要，全家人对着呲呲啦啦的电视机，如同盯着幻影一般猜歌手的名字，好在一人连唱好几首歌，唱完了总认得出。

东北的寒冬，夜幕老早就降临了。邻家孩子提着自制的灯笼，兜里揣上火柴盒，结伴去放炮竹。炮竹插进一旁的雪堆，捂紧耳朵看光亮升空，太过繁复的礼花是没有的，响声尖锐的小炮仗随便放。

临睡觉，屋外的鞭炮声欢腾如街市，隔着窗户纸将房间照亮。红包压在枕头底下，多半是一块两块的面额，但足够再买几块糖果、一串冰糖葫芦。

那张照片里，我是唯一一个没有笑的，却必然是所有人中最幸福的，不知其幸福的幸福，幸福的加倍。

在照相机还不那么普及、胶卷价格不菲的年代，他们不停地拍摄我、记录我，一定是很想留下那些瞬间，让记忆在影像中定格吧。

可以确定的是，我是被坚定地爱着的。有朝一日，我也有能力给予另一个人这样的爱吗？

4

我一直渴望成为作家，却始终羞于承认。十岁那年，母亲送我去上作文课，老师是一位大学中文系教授。她带我们阅读契诃夫的小说、鲁迅的杂文、郑愁予的诗。她让我用一只鸟的眼睛去看熟稔的世界、用一颗童贞的心感受自身的处境。我开始写作，最初只是仿写，后来开始创作。我偷偷用母亲的教案本编剧本，用父亲单位的稿纸写散文，在上锁的日记本里创作不成型的小说。我发觉词汇的匮乏是我写作的一大障碍。为了丰富词库，我临睡前背字典，早起读《百科全书》中和文学相关的条目。没有人要求我这么做，这些也和考试成绩无关。晚饭后，母亲到我的房间拖地，见我埋头疾书，只说一句“又创作呢”，然后默默退出去。唯有一次，我模仿鲁迅写《呐喊》的笔调，在作文中声讨中式教育。母亲读后颇替我忧心：“很多事不是你想的那样，也不由你决定。你得往光明的地方看。”她就是这样，既怕我过于顺服被人欺负，又担心我太叛逆活得不快乐。

而对我来说，比光明更重要的，是成为作家的决心。小学四年级，新年前夕，班主任用一块巨大的白布盖住黑板。她让我们轮流钻进白布底下，在黑板上写下自己的梦想。下课铃响，白布掀开，彩色粉笔的字迹将墨绿色的黑板填满。我们一一辨识着，谁想要成为速滑运动员，谁希望变成比尔·盖茨，谁想做教师。我写下的梦想是：做一个有学识的人，一位作家。

此后若干年，读到喜欢的作品，我会忍不住偷瞄作者简介上的出生年份。弗朗茨·卡夫卡30岁完成了《变形记》，阿尔贝·加缪29岁写就了《局外人》，夏洛蒂·勃朗特30岁写完了代表作《简·爱》，她的妹妹艾米莉·勃朗特不到30岁便在《呼啸山庄》中展现了惊人的激情，海明威最好的几部作品大多写于20到30岁之间。渐渐地，我也活过了他们的年纪，其间没有偷懒，不曾自暴自弃，却没能实现创造力的突围。即便出版过几本小书，我仍羞于承认自己是作家。因为这件事于我太过重大，一想到自己有可能会失败，便无法忍受。

25岁，我读到赫尔曼·黑塞《德米安：埃米尔·辛克莱的彷徨少年时》里的一段话："对于每个人而言，真正的职责只有一个：找到自我——找到自己的命运——而不是他人的命运——然后在心中坚守其一生，全心全意，永不停息。所有其他的路都是不完整的，是人的逃避方式，是对大众理想的懦弱回归，是随波逐流，是对内心的恐惧。”我感到自己终于找到了比宿命更扎实的句子，于是将它誊写在随身携带的采访笔记上，时刻提醒自己，要保持创造，坚守自我。至于如何创造，如何坚守，内心依然一片模糊。

30 岁，我几乎不再写作；翻译了一些书，却很难从翻译中获得快乐；离开了新闻业，不再做记者，也不去谈及新闻理想。原本，我拥有一份还算喜爱的工作，每月和同事们去不同的城市，在剧场中举办演讲，我负责节目策划。每当剧场中坐满观众，灯光渐暗，熟悉的片头曲响起，我和团队策划的演讲得到观众的正面反馈，站在侧台工作的我能真切感受到内心逐渐充盈的微茫希望：还有人在乎，还有人倾听。可那一年，我们足不出户，剧场歇业，行程取消，赞助停止，主编离职，同事们相继离开，一切原本稳固的东西摇摇欲坠起来。

“我”的价值是什么？除了生存，我还能做什么？能做好什么？支撑我继续活下去的信念是什么？如果不在这里，还能去哪里？我迫切想做点什么，无论什么都好，扭转现状，拯救颓丧的生活，将自己从暗无天日的海底打捞上来。这是一次退无可退的自救——在三十几岁的某一天，我突然发现，生命中那些最美好的事都已经发生过了，剩下的似乎只有重复。我拼命想要洗刷掉不停循环、无力摆脱的失望感，就像每个学期开学，换掉旧课本、打开全新的书页那样，满怀期待，重新开始。而一个不断更新的生命，是我未曾到访过的神秘且神圣的地带，是对事事都提不起太大兴致的我唯一能够想象的期待。

我寄希望于这个“我”之外的生命，能够更新我的生命。我知道，这听上去是多么无能、自私、疯狂。时隔几年，有人问起“你为什么选择生孩子”，我依然无法用合乎逻辑的语言给出简单明了的答案，也无法赋予这个行动最大的合理性。但如果非要用“事后诸葛”的语调来复述当初的选择，我会说：如果这个系于我身的小小生命能融解眼下冰封的生活，如果我也能为它带去一点意义，或者我们共同创造一种意义，一种跳脱开从前那个价值体系的更私人、更悠长、关乎记忆和情感的意义，为什么要先入为主地断绝这种可能呢？毕竟，相比在绵延无际的“不可知”中煎熬，必然发生的事、必然降临的生命、必然改写的生活，在那一瞬是如此白灿耀眼，堪比晴朗冬日的落雪、黑暗海面的灯塔射出的光。

在那个寻常的秋天，你已经在我的腹中孕育了，一颗红豆大小。我的身体将是你未来十个月的居所。我曾经拒斥你的存在。因为我恐惧你的存在会将一个叫做“自我”的东西吞噬，担心你带给我的挑战远超过我所能承受的。但真到了知晓谜底的时刻，事情发生了变化。现实远比我自身的恐惧和担忧更残忍，更难以抵御。生育或许并不是找到自我的最佳方式，甚至很可能和这个目标背道而驰，但我在那一刻似乎别无选择——我无比需要一个人，一个朋友和伴侣以外的人，一个和我有着切实联结的人，我需要不求回馈的付出，需要这个人对我有所期待。我需要“我们”——共同对抗这个漂泊不定的世界。

我需要你，远胜过你对我的需要。我是如此蛮横、自私、一厢情愿地盼望你的到来。就这样，我们的未来终于徐徐开启，轻转合叶，留下暧昧不清的缝隙，让人亟待一探究竟。

其实，在你认识我们之前，我们和你一样对未来一无所知。时间和经验并未让我们从无知中豁免。我们非但无法预知你带给我们的改变，无从知晓我们的一举一动会如何影响你，就连我们自己都在不断变化中无目的地漂流。

我所知的只有一件事：在任何意义上，我都将不再是独自一人。

第二章　决 定

1

第一次去医院做彩超，包裹着耦合剂的探头在腹部游走，超声穿过皮囊，投射到腹腔之中，你就这样显现在屏幕上—— 一处不明显的白点，一颗肉眼看不清的细胞，蜷伏在海浪般的子宫内壁。

这是你的史前史，存在却尚未诞生在这个世界的过渡时期。除了我，除了一次次呕吐、日渐增长的体重、五脏六腑的位移、腹部的蠕动之外，世界并未真正察觉你的所在。

探头的按压下，我紧张地绷紧肚皮，医生说："放心，我压不到 Ta，肚子里面全是气。" Ta 究竟是它、他，还是她？在我的意念中，我依旧是独立的我，胚胎只是身体额外生出的一小部分，和脸上的一颗痘无异。而医生的语气，却已相当确凿地将你视为一个生命体。

这一度使我困惑：该如何界定一个寄生在你身体

中，却终将不属于你、独立存在的生命体？当你们共用营养、血液、水分，你携带着“它”、同它交谈、想象它，乃至渴望摆脱它重归自我，你们之间的联结除了生物学意义上的，是否还牵涉其他更深层的哲学意义，譬如一个人与同类个体最密切的关联究竟能抵达何种程度？

成为母亲之前相当长一段时间，生育于我是最不可想象的“选择”（如果成为母亲真是一种自主选择）。因为尚不存在一个孩子，所以自然不可能理解连带的生活变化、情感和责任。“生了你就知道有多爱了，没有人不爱自己的孩子。”我结婚后，母亲经常这么说。“就像你妈和我如果没有你，我们多遗憾。”父亲在一旁搭腔。

对于一个尚未生养后代的人来说，这些话无法证实也无法证伪。人不可能先验地爱上不存在的人和事物，不可能依照个人经验将生育的所有影响，正面和负面逐一核对，再做选择。在“那件事”没有降临前，一切后果只能是猜想。

不过他们的确没有说谎。不能否认他们在我身上倾注的心力是惊人的，几十年如一日做一件投入和回报不成比例的事。从我上幼儿园到高中毕业，十五六年的时间里，他们每个工作日早上5点半起床，替我做好早餐、提前准备好午餐，再叫醒我，送我去学校。他们没有一天偷懒，没有一次不小心睡过头、失手炒坏一道菜。他们不曾失误过，总能让我按时赶到学校，吃上热腾腾的午饭。他们对时间的把控太精确，自律到几近严苛的程度，以致我会羡慕那些小孩——糊涂的家长一旦忘记给他们带饭，或是起太晚来不及准备，他们要么跑去小卖部买零食当午饭，要么结伴去校门口的小饭馆。我很少有机会参与这类足以让孩子们兴奋一阵子的活动。有时我会期待父母偶尔失误，偷偷设想送饭的工人不小心扣掉我的饭盒。但，一次也没有过。

若干年后，我去到陌生城市生活，必须自己解决一日三餐。工作和通勤劳心劳神，最后餐馆、外卖成了首选。按时喂饱自己已足够艰难，住在一个安全干净、租金合理、可持续居住的房子里同样不易。要承担另一个人的衣食住行，几十年如一日倾注时间和心血去抚养和教育，变成一个不可想象的巨大挑战。结束一天的工作，地铁换乘站的悠长隧道里，人们悄无声息地朝同一个方向走，两侧是字体巨大的招聘广告：“不会马上成功，一定有所发展！”“搜索事业，下载理想，复制幸福，粘贴希望！”我会不自觉想象父母和我一般大时的生活，想象他们养育我的过程中没有对我说起过的困难，那会是什么？如果我和他们对调位置，在那个年代为人父母，我会做得比他们更好吗？

第一份工作的同事们都比我年长，很多已经做了父母，他们听到我是“90后”瞪大了眼睛（正像后来我在职场遇到“00后”一样心惊）。刚做妈妈的同事每天相约一起去母婴室吸奶，像是某种神秘仪式，我看着她们走进那间狭窄到容不下第三个人的母婴室，又提着包出来，并不知道她们在里面做了什么，更想不到若干年后会轮到自己。午餐时她们讨论奶粉、纸尿裤、孩子摸不透的脾气，我插不上嘴，只好讲起自己小时候的事。那段时间听了太多的婆媳矛盾、育儿压力、夫妻分歧，听她们讲生育、孕吐、生产中血腥而诡异的故事，仿佛在听一桩不属于人间的天外奇谈。

“我生孩子那天，生到一半，一个维修师傅过来，要我换张床。”一个同事说，“说我那张床坏了，医院叫了维修。”大家笑起来，纷纷表示“干吗非要这时候修”。“结果我还不是撅着个屁股爬下床。”

“我怀孕的时候吐到脱水，成天只能躺那儿，动都不敢动。生的时候大出血，差点儿死掉。”另一个同事接了茬，“生完不久，婆婆就来暗示我，趁年轻要第二个。”她翻了个白眼，“我死都不会再生了。劝别人生孩子，忒不人道！”

很多时候她们如同一个独立同盟，使用外人听不懂的语言，有着极为相似的情感需求——被看见，被聆听，被尊重。在你来我往的对话中，不平的情绪逐渐加固抬高，形成一道屏障，将不明所以的他者隔离在外。刚入职就怀孕的同事令她们愤慨，而休完产假即被辞退的新手妈妈则收获了她们一致的同情，她们帮她出谋划策，提出各种可行建议。有时候话锋会突然一转，毫无征兆地指向我，询问我的感受、我的选择：打算什么时候生啊？是不是被我们说得都不想生了？

成为母亲对我是如此遥不可及。那些含义模糊的谈话、互相之间眼神的交换、难以纾解的抱怨，都在向我传递一个无法对外人道的秘密，只等我自行揭开谜底。对于当时的我来说，这道谜题太困难，留下的只有一种大而化之的感受：做妈妈大概和惩罚有关——上帝要让女人受苦，所以命她们成为母亲，承受疼痛，经历流血，留下伤口，孩子吸走她们的乳汁，占据她们的时间，剥夺她们的睡眠；除了向同类倾诉，她们无处求助；一旦发现不合理的存在，她们便奋起反抗，绝不犹豫，努力捍卫自己的权利。

之后的几份工作，身边的同事越来越年轻，有的年龄和我相差整整一轮。闲聊起来，她们好奇我为什么结婚，为什么生孩子。听了我的回答，她们和我当年一样，讲起自己小时候。

但我始终没找到自己的同盟，也没能以日常的语言和拥有共同经历的人讲述自身。一方面是选择婚育的人越来越少；另一方面是我自己有意克制：在潜意识中，不希望别人对我的第一印象仅仅是“母亲”，也不想让母亲成为我唯一可辨识的身份标签。

和人交谈时，如果对方得知我已婚已育后表现出惊讶——“你不像结了婚的”或“你也太不像妈妈了吧”，反而会有不易察觉的快慰掠过心底。为什么会这样呢？是因为无意间内化了对于“已婚已育人士”

的社会偏见，比如认为妈妈就等同于操劳、唠叨、以孩子为主、失去自我？还是一种理想主义，觉得人生应该不只如此，还要拥有更多身份、更丰富的内容？抑或是一种虚荣，既要又要，既遵循了陈旧的社会剧本，又想保持外在的天真？

没有答案。

2

28 岁，我决定终止我的记者生涯。两年，供职于一家传统报刊的文化副刊部门，每天在不同的咖啡馆、书店、酒店大堂采访，然后玩命写稿，写到视线模糊，腰酸背痛，颈椎病、腰肌劳损、干眼症纷纷找上门。终于到了某个时刻，我厌倦了自己假装明白，不喜欢问出堂而皇之的问题。

“其实你不适合做记者。”主编在我辞职前和我说。

“为什么？”我能采，能写，能编，比其他人出手迅速，稿件的关注度和点击率也高。

“因为你太希望别人喜欢你，你问不出那些讨人厌的问题。”她说，记者就是要敢于质疑，要触及真相。“比如有一年，网传一个作家去世了，我们和各方核实都没有获得确凿的证据。可我们最后还是第一家发稿的媒体。”

“怎么做到的？”

“我们的一位记者打听到了他住的医院，直接赶到现场，拿到了第一手消息。她也是顶着压力的。”她盯着我，好像在观察我的反应。不，我做过打电话确认死讯的那个人，那感觉太糟糕了。身为记者，我必须这样做。可作为人，我不想再经历第二次。

“还有你最近做的作家专题访谈，两位译者之间的矛盾你事先不知道吗？”

“我知道。”

“那你为什么不问？为什么要绕开它？”我的确避开了房间里的大象，以为谈论翻译本身就可以支撑一篇采访了。也许她是对的，我害怕冲突，害怕成为那个捅破窗户纸的恶人，更害怕自己被赋予过度的权力。

辞职后我尝试写小说，寄希望于我的主人公比我勇敢，比我复杂。一位作家好友在读过我的小说后委婉道："作者太好了，笔下的人物也太好了。好人能写小说吗？或者说能有一部全是好人的小说吗？我不知道。也许你可以借此创造出新的形式。"

我失败了，从此暂时搁置了非要写出多么了不起的作品的欲望。曾经的我痴迷于研究小说的技法，一本接一本地阅读，读到好的作品便满心欢喜，渴望参透文本背后的创作奥秘，直到玛格丽特·杜拉斯一语惊醒梦中人：

"我对书籍的一大意见就是它们不自由。我们可以在写作中看到这一点：它们被编造、规整、约束；可以说它们顺从了。写作的修正功能，也是作家常常想加诸自己身上的东西。那一刻，作家变成了监督自己的警察，一心想着好的形式，换言之，最平庸的形式。最清晰、最无害。仍有一代又一代僵死之人在产出循规蹈矩的书。甚至包括年轻人：讨人喜欢的书，没有深度，没有黑暗，没有沉默。换言之，没有一个真正的作者。"（《写作》，1999）

做不了真正的记者，也成为不了真正的作者。面对不了内心深处的黑暗，无法凝视深渊、坦然坠落，创造便永无可能。

究其原因，或许是好学生的心态在作祟：努力答好每一张答卷，将正确答案填写在恰当的位置上，哪怕这张答卷也许根本没有正确答案。

在做母亲这件事上，我同样未能幸免。哪怕自以为清醒、冷静，我依然没办法完全隔绝外界的影响。我无法成为那个坚定的人、一根不在风中摇摆的芦苇、一块任何人都移不走的石头。同我一起长大的表姐和表弟都有了孩子，老姨和舅舅向母亲展示他们的照片时，我清楚地看见母亲脸上浮现的神情，有些尴尬，略带凄然。父亲也对我的“个人成就”失了兴致，总爱感叹他老得多快、多喜欢谁家的小孩、没能尽早抱到外孙有多遗憾。婆家的旁敲侧击、逢年过节亲戚的怂恿、新闻报道里的“高龄产妇”“孤独死”“丁克后悔”之类的措辞，还有朋友圈同学朋友家的小孩、和丈夫闲聊不时冒出的假设，无时无刻不在拷问我的决心。最后一根稻草：我信心满满地参加一个职位的面试，想在 30 岁的关口再冲一冲事业；对方得知我已婚未育后陷入沉默——短暂得不易察觉，只在呼吸之间，我却感知到了。我做不到对这些视而不见，而偏要说：生育是我主动选择的，是在绝对自由的状态下做出的理性抉择。

而如何忠实记录下为人母的至暗时刻，讲述一个主体在成为母亲之后的种种挣扎，更是一项考验道德、情感与写作功力的挑战。这一次，我不想再闪躲，我要迎向它，在刀锋落下之前直视闪过的凛凛寒光，争取不闭眼。

在决定生育之前，他人的经验终归只属于他人，很难为所有人提供参照。当你不属于育儿群体的一员，关于生育和养育的描述往往支离破碎、讳莫如深，即便靠语言传达出来，也语焉不详、有失精准。造成它不能够被准确讲述和传达的，究竟是人为有意隐瞒，还是生育本身超出了言说的限度？

成为母亲之前，女性几乎很难提前了解那些必将面对的事。大部分时候，我们所见所闻的都是社交媒体上游刃有余的母亲，那种母亲——她们一边工作一边带娃，夫妻恩爱、家庭和谐。我在短视频平台刷到过一位比我年轻好几岁的女士，一口气生下了七个孩子，一个比一个可爱，他们在一起玩耍的画面安静祥和，闪耀着人类灵性的光辉。这位年轻妈妈也令人惊叹，她一次次经历着生育，又一次次瘦身成功，练出马甲线，不久又怀孕，生产，瘦身。如此循环。我惊叹的并不是她瘦身的效率，而是意志，是反复将身体塞满又腾空的勇气，还有说起这一切时的轻松语调。

细细想来，蛛丝马迹是有的。在国外读书时，我的一位同学是一个两岁半孩子的妈妈。我们相约去看一场电影，走在附近小镇的路上，她突然雀跃起来，我问她在高兴什么，她用高亢的语调告诉我：她已经三年多没进过电影院了。我觉得不可思议，一个人的时间怎么会不受自己支配呢？但出于礼貌，我没有继续追问。直到我的孩子也到了这个年纪，我才完全理解了她说的话。

结婚后，婆婆提过以后会帮我带孩子，我将这个提议视为变相的催促，自动忽略了。我怀孕后，她再次提出，我又婉拒了。哪怕胎儿已在我腹中，我仍对养育一个孩子需要付出的心力、人力缺乏概念。两个大活人，怎么会弄不了一个小孩呢？我心里这样想。那时的我怎会想到，带刚满月的孩子从月子中心回家当天，我便立刻缴械投降了。

搬离月子中心那天，我需要带刚满月的孩子去社区诊所打预防针。那天早上，我和丈夫打包了在月子中心的所有家当（足足五大包）。月子中心赠送了三天月嫂入户的服务，便于我们适应家里的照护。月嫂负责看护孩子。婆婆在家中收拾停当，只等我们回家。因为担心应付不来，我恳求丈夫上午请假，陪我一起带孩子打预防针。

“我准备把假留到以后，更需要的时候。”他说，“何况月嫂也在啊。”

“什么是更需要的时候？我现在就需要你啊。”我几乎要哭出来。

我和丈夫推着月子中心借来的推车，上面高高摞起我们要运回家的东西，月嫂抱着孩子，婆婆打来电话问何时到家，网约车司机来电问何时上车，月子中心的工作人员在叮嘱。孩子将奶吐在月嫂的前襟，我慌忙收拾，孩子在哭，手推车在地下车库歪歪扭扭地前进，两件行李散落在地上，丈夫终于决定先将我们送回家。

回家路上，我和月嫂坐在车子后排，孩子时睡时醒，我一边叮嘱司机开慢点，一边一路举着包被，遮住窗外刺眼的阳光，让他安睡。我们到了家，丈夫去上班，我躺下给孩子喂奶，婆婆和月嫂轮番跑来问我：某件东西在哪里、消毒锅按哪个按键消毒、有没有被子能垫在孩子身下、家里有没有多余的衣服换洗。这才发现，时隔一个月，我再次面对的家，早已不是当初的那个家了。丈夫偷偷做了不少工作：卧室的大床边上，多了一张小木床，是他和朋友一起搬运和组装的，针织的床铃挂在床头，打开开关，羊群便奔跑起来，传出欢快的音乐；客厅水吧台上多了消毒锅和奶粉桶；药箱额外分出一格，专门存放儿童常备药；次卧的衣柜里多了一整排收纳箱，用来放孩子的衣服；原来的大洗衣机上多了一个小洗衣机，想必他为了解决水管连接的问题费了不少心思；卫生间的置物架上是婴儿的洗浴用具，门后摆放着全新的折叠浴盆；盥洗池对面的晾毛巾伸缩杆多了一根，全家足够用了；阳台多了两辆暂时用不到的童车，也是他从朋友家里扛回来的。

拿走沙发上的靠垫，拓宽后的沙发变成一个单人床。孩子吃喝拉撒都需要月嫂辅助，月嫂按规定不能坐在我们的床上，于是沙发便成了我和孩子白天休息的地方。在医院生产和在月子中心被照料的经历，已让我对让渡自己的隐私习以为常。在那张沙发上，我撩起衣服喂奶，和婆婆聊天，给孩子擦洗屁股、换纸尿裤。

一个月前，临产的凌晨，我叫醒母亲，丈夫将待产包叠放在客厅。母亲服用了安定片，被叫醒后口齿有些含混。她去厨房煮了三个鸡蛋，又冲泡了三碗奶粉，让我们吃下。她自己吞得慢，坐在只开了盏台灯的昏暗客厅。腹中的孩子几乎要将我的肚皮顶破，蠢蠢欲动。“发动”，医生会这样称呼阵痛初袭，而对于身在其中的我们，却是第一次经历。紧张使得丈夫神色严肃，他不敢相信胎儿竟真的会“发动”，自己跑出来。

我从卫生间出来，听见母亲对他说：“人家生孩子，你得振奋一点，给点鼓励，不能自己泄劲儿啊。”大概是因为过于紧张，丈夫呼吸急促，坐在沙发一侧喘着气。奇怪的是，明明我才是那个即将走向“战场”的人，在感官和感受上却有一种置身事外的隔离感，和当初参加自己的婚礼类似，并不觉得有什么值得兴奋或铭记的，只不过像是第一次涉水过河那样，将脚浸入水中。时隔一个月，母亲已回老家照顾自己的母亲，丈夫也得到了自己母亲的支持，成年后母子俩第一次有机会长时间生活在一起。一个孩子诞生了，全家都在喜悦和失措中努力适应着。

我和我的婆婆，两个平常只在年节见面的女人，开始单独朝夕相处，合力抚养一个不会说话的婴儿。我们的共同话题通常是：我丈夫儿时的故事，重点是他的聪慧和早熟；她公婆对她不公正的对待，三十多年前她无法独自逾越的育儿之苦。大概因为多年无人倾诉，我们的对话一旦触及上述话题的边角，便会迅速展开。我不曾参与过那些陈年旧事，牵涉的人事物在我这里全是空白，因而找不到恰当的立场，只能任由她迫切的情感需求悬置在那里。处在产后阶段的我，疲惫且惶恐，根本没有多余的心力安慰，更不能让她停止倾诉。

回家当晚，她郑重将我叫到卧室，和我讲她不想让我吃她吃过的苦，因为她的公婆在她最需要的时候拒绝施以援手，没有帮她带过一天孩子。“但我这么做，不是为了让你回报，不是说我们老了，你们就必须如何如何。”她解释道，“我肯定不比你自己的妈妈，但我一直拿你当女儿。”我点头称是，她足够尊重我了，我知道。夏日的晚风从窗子吹进来，我坐在风口，忽然感到浑身凉透。我伸手拽过一条毛巾被，裹在腰间。如果我母亲在，她会替我关上窗，我们可以躺着聊会天，我会和她讲起我的脆弱、心头涌起的恐惧，还有那些我无从把握的东西。我们也会有分歧、有争执，但我从不担心和她吵翻，她更不会因为我的任性心生龃龉。

丈夫下班回家，我和婆婆都像抓住了稻草，急于向他倾诉。他看上去比平时还要开朗，和我们讲他白天上班的事，对家里的混乱无知无觉，而我已经身心交瘁。他们娘俩在厨房做饭，讨论茄子的做法。吃完饭后我去洗碗，他们坐在客厅的沙发上，围着孩子讲起过去的事——我不曾参与的那部分。碗底的油渍在水流冲刷下漂浮起来，手浸在那水中，我感觉他们才是一家人，而我更像是不相干的“外人”。这种极为真切的想法从心底冒出来，我同时感到了孤独和荒谬。洗好碗，擦干手，在厨房门口站定两秒钟，我重新回到客厅，收拾从月子中心带回来的行李箱。客厅很快熄了灯，新生儿的睡眠来得早，我和丈夫夜晚的战斗也开始了。往常这个时间，我们兴许还在外面溜达，或者窝在沙发上看电影，或者和朋友吃夜宵。这种日子一去不返。

接下来的几个月，婆婆一直任劳任怨地劳作着，毫无保留地爱着。她一直渴望被倾听，被支持，被劝慰。但我能给予的只有那么多。现在回想，那段时间她一定也处在惶恐焦虑之中，搞不懂怎样才是恰当的，不知道怎么和我这个一改往日温和、“性情大变”的儿媳相处。我们都是好人，我们都尽力了。但身处婆媳关系之中的两个好人如何不互相耗损，是我至今没有想明白的。

为什么没人讲述？哪怕它不是警示，是倾诉也好。在美国作家蕾切尔·约德（Rachel Yoder）的小说《夜母》（*Night Bitch*）中，不堪重负的母亲终于化身一条狗，在无人的黑夜里嗜血、撕咬、嚎叫、自由狂奔，全凭生物本能养活她的孩子。这位母亲曾经有自己的事业、在艺术界大展拳脚，却因孩子的出生、丈夫常年离家在外工作而成为全职妈妈。

主人公和我遇到了同样的问题：在怀孕的时候，她试着和妈妈聊聊生孩子，想知道接下来会碰到什么问题。结果妈妈只说了句：“生孩子是件很辛苦的事。”她理解其中安慰的成分，但也明白妈妈的意思：“生孩子其实糟糕透了，可既然你是女人，这就是你的命，你的分内事，你就是得辛苦，得承受不可言说的痛苦，沉默地遵守这份契约。”

沉默地遵守这份契约。原来如此。这是一种礼节性的约定俗成，充斥着心照不宣的暗示，需要超强的悟性才能捕捉其中的蛛丝马迹。

沉默背后的深层问题或许是：生育的决策在多大程度上是女性的自主选择？以及，我们在讲述生育的时候到底在讲什么？令我们不满、痛苦、反复哀悼的究竟是什么？

在《夜母》中，蕾切尔·约德的描述让人内心一颤：

“早在少女时期，你就点起了一把火。你将它烧旺，对它悉心照料。你不惜一切代价守护它。你不能让它燃成一大团光，因为那不适合女孩。你要把它当成一个秘密，任它燃着。若你在其他女孩眼中看到火苗，你们就会像同谋一样点头致意，但从来不会把几乎难以承受的热和愈烧愈烈的火宣之于口。

你要照料那团火焰，不这样做的话，你就会陷入困境，如坠冰窟，孤立无援。等待你的将是制作节庆贺卡，做务实的选择，听‘世事如此，由不得人’的劝说，将是妥协与理解、辩解与同意，将是换个角度看问题，从他的角度看问题，通过其他各种方式看问题，就是别以你自己的方式看问题。”

所以问题的关键果真在这里吗？因为社会、文化、政治等一系列因素的合谋，女性预先被放置在某个特定的角色、地位、处境之中。换言之，我们的人生脚本早已提前写好了，大多数时候顺从的成本远低于违抗的代价。又因为我们获得的信息永远是经过筛选加工的、片面的、阶段性的，我们错将被迫选择视为自主选择。

我们不得已让渡曾经小心呵护的自我，那种疼痛和悔恨才如此难以言说。

3

你在用力向我证明自己的存在。身体，胃肠，呼吸，血液，骨架，都不再是原来的样子。呕吐随时可能发生，不分昼夜。从前很难注意到的胃完全崩坏，无法吸收食物，哪怕是煮烂的面条或小米粥；它不停抽搐、反抗、歇斯底里，胃酸将胃和食道灼烧得生疼。呕吐时鼻涕倒灌进鼻腔，泪水喷涌出双眼，耳鸣和眩晕接踵而至，脱水让人眼前发亮，嘴里溢满铁锈味。除了平躺，很难找到不会诱发呕吐的姿势，精神也恍惚起来。8 周过去，因为身体如同对待外族入侵那样决绝地反抗，体重减轻了 6 公斤。

产检从每月一次到每周一次。每次产检前抽六七管血；空腹灌下 300 毫升浓稠的葡萄糖水，间隔一小时抽血测血糖变化，这个过程叫糖耐测试，可能加剧孕吐；监听胎心，成排的孕妇肚子裸露在外，腹部绑上蓝色或粉色的绑带；检查骨盆，扩阴器塞进下体，提取阴道分泌物检测阴道环境。孕产妇们接受着评判和建议，努力将自己变为合格的容器。在我建档的公立医院，不孕不育门诊和妇产科的诊室相连，共用同一个候诊室。胎心监测室的门开着，咕咚咕咚的胎儿心跳声回荡在走廊，挺着肚子的孕妇来回穿行，而渴望成为母亲的人就站在不远处等候。

从前陪家人手术时，手术室隔壁就是重症监护室。

一面是接受切割或缝合有望痊愈的人，一面是在生死线挣扎极有可能有去无回的人。那条长长的走廊，聚集了最朴素的面孔和最朴素的愿望。打铺盖卷头发凌乱的男人，坐在马扎上望向空无的老人，头抵在墙壁上背对人群的女人，他们没有表情，因此也看不见痛苦和希望。他们没办法再做些什么了，只剩下等待这一件事。

大多数等待产检的准妈妈们同样是没有表情的，没有广告和图书封面那种满是憧憬的笑容，她们在走进医院的那一刻已决心平静地接受医学的检验。在入院填写的流调表里，她们的身份是“患者”，和生了一场十个月的病无异。待产室里她们各自为战，在帘子隔开的床上独自殊死决斗。没有影视剧里青筋暴露大汗淋漓，也没有哭天抢地号啕大哭的戏剧场面。没有。她们只是忍耐，攥紧拳头，咬牙坚持，轻声哀求，渴望解脱，仅此而已。

不知道为什么，产检候诊室的纷乱嘈杂一度让我无法克制地悲伤。要进入其中，需要持 24 小时核酸证明，这意味着妈妈们需要在前一天中午之前赶到一家核酸检测点，冒着被感染的风险排队，等候手机上的绿码刷新出来。这是第一道关卡。

第二道关卡是被标记和分类：医生的桌子上，建档本堆叠在一起，被贴上不同颜色圆形标签，绿色代表正常，黄色代表有异常，红色代表高危产妇。医生的桌前很少只有一个孕产妇，有时是三个，有时更多。医生身后的帘子后面，躺着量腹围、宫高和接受阴道取样、骨盆检查的孕产妇。助理喊出一串数字，诊室内和诊室门口的人都听得到。有时很难分辨出医生在对谁说话，也不明白那些数字代表着什么。我们只需要一个确凿无疑的结果——孩子是否健康。

产检之所以让我无法抑制地悲伤，并不是因为检查过程之繁复，而是联想到人，那些孕育着新生命的同我一样的人。身为女性，我们也努力闪耀过，譬如成为一个善良优秀的人，在求学时拼尽全力、同诸如“男孩更有后劲儿”之类的言论相抗衡；在职场上毫不吝惜力气，巧妙维系着与隐蔽的传统价值观之间的冲突，在争取更高职位的同时还要承受“女人不能太强”的社会偏见。

生育却将一切努力击个粉碎，打回原形。候诊室里边等候叫号边打电话向领导道歉的女人，手握一沓检查结果同时还在平息丈夫怒火的女人，分身乏术的女人，独自承担恐惧和担忧的女人，需要靠双腿运送沉重身体的女人，承担孕吐、缺氧和呼吸困难的女人，为了保胎坐轮椅的女人，受伤和受苦的女人……当被问起，她们会说，这是我自己的选择，与男人精子的入侵无关，与家长的期待无关，与其他人和环境无关。可这至多让我感到孤独，却不至于悲伤。真正使我悲伤的是——你身体供养、携带、保全的这个生命，它其实并不真正属于你，却被外界视为你不可分割的一部分，由你负全责。你的生活习惯、饮食起居、心情感受、重视程度，你的基因、体力和精力，决定了它是否发育完备（这种紧密捆绑的关系将一直持续到孩子降生）。你因此被纳入另一个全新的话语系统，原本的社会性身份被抹除，只剩下一堆生物性的指标。

我们用 30 年的时间从生物的状态蜕变成人，如今却被悉数归还。

第 12 周，你长成一颗枇杷大小，12 克，6 厘米。你有了心跳、呼吸，长出了鼻骨，还会在羊水里撒尿。在 B 超室，我第一次听见你的心跳，像漫长战役前轰鸣的战鼓，有节奏的鼓点撞击、律动，大声宣告一个生命的存在。

每次从医生手里接过黑白的彩超单，第一件事就是避开川流的人潮，站在B超室门口的楼道间，仔仔细细地寻找你。

第16周，你像一只海马，俯卧在我的腹腔里，脊柱比四肢更清晰，晶莹剔透，似某种蛰居在漆黑海底的深海生物，游荡在宇宙深处不似人类的精灵。“单活胎”，报告单上这样写道，你的双顶径、头围、腹围、股骨长、心率都被记录成数字，成为衡量你这只“小海马”发育是否良好的参考指标。

第20周，来到一家工作室拍五维照片。屏幕上的你蜷着腿，好像在做一个漫长无际的梦。无论怎么活动、走路，你的脸依旧朝向我的脊柱，高科技的机器探头也拍不到的地方。即将放弃之际，你转过了身。他们将照片放在相框里递给我。蓝色的相框。

“可是我不知道怎么养男孩，弄不懂他们。”

“没事，到时候就知道怎么养了。”我们坐在商场里的奶茶店，看跑来跑去不知停歇的孩子，对我们生活即将迎来的改变茫然无知。

照片里的你是那样安静平和，外界的一切纷扰都与你无关。你双眼紧闭，抿着小嘴，鼻梁高挺，鼻翼发亮，好像太阳底下的建筑物在反着光。额头和五官各占脸的一半，耳朵因为空间的挤压卷起来，供给养分的脐带绕在脖子上。虽然照片没有显现出一点棱角，没有任何锐利的成分，那质地看上去却并不柔软，更像是一件精雕细琢却尚未完成的雕塑，粗具规模的艺术品。

“我们会养好他吧？”我转了转奶茶的吸管。

“会吧。好好养就是了。”

“怎么算好好养呢？”

“我们都还记得小时候受过的委屈、不被理解的滋味、表达不出来的愿望，对吧？”

“嗯。”

“那我们就尽量去倾听、理解、接纳他的愿望呗。”

未来有一天，你终将面对一个不那么自在的世界，发觉自己不断被安置在不同的轨道上行进，自由连同实现自由的手段同样可疑，你会怪我们吗？你会如何理解自己的处境和我们生下你的选择？

是的，你是我们共同的选择。如今回看，生育的选择从根本上是社会期待和自我期待合力而成的结果——生育从来不是一瞬间的决定，而是砝码与砝码之间的微妙平衡；在人生的这个阶段，无数条河流汇聚的岔口，生活恰好对这种可能性开放。

对我而言，触发这种可能性的只是很小很小的一件事。一天下班后，我走到家楼下，想起奔忙却无进展的一天，沮丧得抬不起头。这时，隔壁单元冲出来一个六七岁模样的男孩，身后跟着两个大人。爸爸妈妈带你去买新文具好不好？女人说。现在吗？男孩摘下蓝色的鸭舌帽，又扣回到头上。走！三个人走出院子，脚步轻快。男孩三步并作两步，蹦得好高。

回想我自己的童年，和跃入半空的男孩一样，大抵是快乐的。不需要独自面对生活的重压，心安理得地接受他人的馈赠，很少质疑自己是否配得。在那一刻，我多想它延续下去。

4

刚怀孕时，我曾试图和母亲聊聊生孩子这件事，想知道接下来自己会面临什么样的问题。

“生的时候害怕吗？”

“怕啥？一点也不害怕。那时候年轻，不知道什么叫害怕。”

“疼死了吧？”

“也就折腾了一天一宿，医生给打了催产针，下午你就出生了。”

兴许是担心我害怕，母亲并没有说有多疼，“折腾”两个字也过于轻描淡写了。

记事以来，我几乎没听母亲主动说起过她的恐惧、难过、痛苦。她无所不能，是光芒四射的太阳，幽默开朗、与人为善、擅长缓和矛盾，到哪里哪里就有笑声。她明亮得刺眼，世间的挫折和黑暗源源不断地被她吸走、消化、掩埋。一个没有任何负面情绪的人，积极情绪也显得那样不可信。一个全身光明的人会给人距离感，令人怀疑。当我考试失利、受人欺负、感情不顺、工作受阻、害怕失去，一旦我表露一点没那么正面的情绪，她的第一反应永远都是“那有啥啊？有啥可怕的！”她太勇敢，太坚强，简直无坚不摧。

可即便拥有这样一位堪称神勇的母亲，一个肯为我付出一切的母亲，我依然会在成长过程中感到惶恐难安，无法真正同内心的黑暗共处，在挫折和感情面前绵软无力，缺乏决断。某种意义上，我没能习得她的坚韧和乐观，在任何层面都很难同她抗衡。这令身处这段母女关系的我渺小无光。

“母性到底意味着什么？如果它意味着给予安慰、保护、教育、培养、鼓励、谎言，在孩子经历人生的风浪时，充作保护伞，永远在那儿，那么对任何角色来说，这都是个艰难的任务。”（德博拉·利维《自己的房子》）

我的母亲无疑是我的保护伞，无论我遭遇什么风浪，她永远在那儿。她几乎完美地完成了为人母的艰难任务，但对于生育这件事，她能教我的唯有忍受：靠求生的本能忍受孕吐，用意志力忍受疼痛，再用所谓的“母性”包容生育带来的一切影响。要忍受改变带来的不适，理解另一半工作的忙碌，不要把自己的标准强加到别人身上。要替人着想。困难永远是暂时的，风浪是上天的考验。人定胜天。

“那你们最开始为什么决定要我？”

“没有为什么。那个年代不像现在，想东想西的。那时候的人结了婚一个个都怀孕了，自己也稀里糊涂的。好处是我们从来不为这些事纠结。”说完，母亲微微吸了口气，像是终于下定决心一般缓缓说道：“怀第一个的时候不怎么吐，怀你的时候一直吐到生，进了产房还在吐。”她垂下眼睛，那是她感到歉疚时的表情：“你问我最开始为什么决定要你？其实是因为我需要你，那些不愉快的事儿才能过去。”

怀第一个。身为母亲，经历两次生育和养育是什么感受，尤其是第一次已湮没于时间之谷，永无追回的可能。抹去一个人的存在，与抹去相应的记忆，哪个更残忍？

如今回想，一切都有迹可循。

小学放学，和父母讲起一个同学的绰号。厨房陷入寂静，排油烟机骤然轰鸣。我蹲在厨房窗子下面，仰头看他们绷紧的下巴、飞速择菜的手，好奇他们为什么不笑。那个绰号，其中的一个字，是他们第一个孩子的名字。名字还在，名字所属的那个人已经不在了。

回想一生中后悔的事，我脑海中反复闪回的就是那个傍晚，厨房里的油烟如同爆炸后的烟尘，将我不合时宜的笑声吞没。

我从小头发被剃得很短，不穿裙子，跨栏背心、短裤、寸头是标配；足够像个男孩，以致很多人会弄错。我不在乎，照旧在太阳底下疯跑，膝盖摔得流血化脓，红药水涂了一层又一层。一天母亲领我去姥姥家，路上偶遇一个女人，老家来的。那人盯我好久："你家孩子才这么大吗？我怎么记得是个男孩？"我转头问母亲那人在说什么，母亲攥紧我的手又松开："姥爷起早去市场买了只烤鸭，二十块钱。"

一个人能代替另一个人活着吗？倘若时光倒转，那场病没有夺走素未谋面的亲人，在计划生育的年代，我也一定不会存在。不存在的我，无法感知人世，和我父母亦是陌路人。吃烤鸭的时候，油脂在舌尖化掉，芳香四溢。那是我第一次吃这东西，脑子里想的却是别的。

一个冬天傍晚，天完全黑透了。母亲下班回家，父亲在厨房忙碌。医生说了，确诊了。父亲低哑的声音穿过烹炒声，母亲脱下长靴的动作停顿了一秒。我趴在房间门口看他们。那段时间，我有点恶心，有点头晕，下腹部酸痛，但并不严重。为了打破这个房子里尴尬的沉默，我拼命朝他们笑，却无人回应。

母亲将一套巴掌大的蜡笔递给我，又从塑料袋里掏出一个可以将小钢珠投入篮筐的转笔刀。我专心将钢珠弹射出去，一遍又一遍。

那一年，为了挣钱贴补家用，母亲在家里开了个美术班。父母二人重新捡起上山下乡在公社画宣传画的本领，趴在地板上用彩笔画招生海报：一个小男孩穿着天蓝色条纹的海军服，仰望漫天星空，星星和银河之间点缀着几行父亲设计的花体字——“美术班开始招生了”，笔画像燕子的尾巴飞向半空。

夜幕降临，我跟着他们走到附近的院子，在一面砖红色的外墙底下停下来，用糨糊将那张精心绘制的海报贴上去。隔了一天还是两天，等我再跑去找，海报不见了，只留下一圈糨糊上的碎纸片。有人用这样粗暴的方式对待爸爸妈妈画了一整晚的作品，我为此感到难过。它那么美，和市面上的小广告全都不一样。可在那个年代，私人办班是不允许的。贴海报那天，他们窃窃私语，好像在密谋什么，然后领着我快步穿过院子。

现在好了，课上不了了。

“我家孩子生病要住院，课暂时上不了了，费用回头退给你们啊。”我手握母亲特意买给我的高级转笔刀，坐在沙发上，等待每一通电话结束。屋里没开灯，母亲的声音飘浮在黑暗中。我们像两块海浪中的浮木，在风暴中保持缄默，碰撞着。一间没有光的房间，怎么看得清学生家长的电话簿？又怎么让钢珠正中篮筐？记忆何时出了错？

我当晚即住进医院，成了病房里最小的病号。接下来的一个多月，身旁的病人换了一茬又一茬，他们在消毒水的气味中用空洞的眼神看我。每天早上打吊瓶，我最喜欢的护士声音轻柔地提醒我，忍一下就过去了哦。我闭紧眼睛，牙齿咬得咯吱响，等针头刺穿皮肤。病床只容得下我和一个大人，另一个需要乘公交车每日往返家和医院送饭。我依然记得这个画面：零下三十度的冬天，病床对面的窗外，玻璃上的冰霜被一双大手拂掉，一只雪人的头慢慢升上来，来回摆动。我坐在床上，右手打着点滴，左手在田字方格上练字，惊异地看着窗外，一个用落叶和石子装扮的雪人的脸。有人朝我挥手，是爸爸！黑色羽绒服的帽子紧紧裹住他的半张脸，露出的眼睛在冲我微笑。

一次，母亲迟迟没有送饭过来，我盯着邻床病友吃的糖三角，馋得伏在床上流了眼泪。除此以外，医院的记忆堪称美好。父母每天陪在身边，不用上幼儿园，照顾我的护士温柔又漂亮。时隔多年，父母无意间提起他们得知消息的那个夜晚，他们说他们背着我在雪地里疾走，双腿发软，带着哭腔去求医生救救我。医生见过不少患儿家长，但像他们这样还没到医院就情绪失控的并不多。

而我只记得那晚，昏暗路灯下，大雪仿若漫天黄沙在我身后翻卷，始终有一个力量擎着我让我免于坠落。

正是在我那个年岁，一切尚未开始的年纪，他们的第一个男孩得了同一种病，最终没能幸存。

我二十好几，已在别的城市生活。有天，公司前台出现了一对夫妻，说是我父母在老家的邻居。打电话给父亲确认，父亲说他们刚好来办事，晚上就走了，临走前非要看看我。夫妻俩和我父母年纪差不多大，他们从老家提了整箱蓝莓干、几大袋山货，硬塞进我手里。他们拉着我的手，聊起他们的儿子、孙子，聊起年轻时的我的父母，说他们两家做邻居时就像一家人。

我知道他们是很好很好的人，但中途仍不免担忧他们找我是另有请托。等他们离开，依然不明所以。很多事我总是领悟得太迟。我父母的孩子，第一个男孩，原本和这对夫妻的孩子一同长大，读同一所学校。一个被锁进了永恒的时间，一个时间还在身上奔腾不息。我则像一条岔开的支流，自密林的边缘溢出，父辈的历史凝固在深不见底的岩层，沙土、腐殖质、青苔、昆虫将它层层包裹，任那条细流冲刷涤荡也无法还原全貌。

即将迎来一个生命降生的我，已接近母亲生我的年纪。比我还年轻的母亲，却在她最好的年华跌入绝望的谷底。任何母亲都不敢去想象那种悲恸——连着骨髓带着皮肉渗透每一滴血每一次呼吸每一点念想，让人不得不咬牙坚持才能活下去的痛。

“有些记忆不会因为时间而损伤，痛苦也是如此。时间会影响、毁掉一切的说法，并不是真的。”韩国作家韩江的《白》读得人眼泪直流，“如此锋利的时间的棱角——我们置身于每分每秒不断延长的、透明的悬崖边，向前走去……这并非因为我们特别勇敢，而是除此以外我们别无他法。”

向前走，除此以外，别无他法。当我终于来到母亲生我的年纪，同样面对一个由自己孕育的崭新生命，方才更透彻地明白：母亲对我省略的话，还有那些不经意留在时间缝隙的微小注脚，并非有意隐瞒，而是——除此以外别无他法。

5

要不要再生一个？如果生，会不会被重叠的记忆击倒？如果不，余生做什么才能抵挡创痛？

一个残忍的春天，母亲的命运被改写。为了挨过伤痛，她调用全部力气将那个日期从大脑中彻底清除。家里的每个角落都不忍看，夜晚的静默令她无法忍受。她和我父亲一路南下，从东北辗转到北京，投奔那里的姑姑、姑父。他们不停变换着姿势甩掉哀恸，颐和园的昆明湖，天坛的祈年殿，北海公园的九龙壁，每在一处停留，他们都会拍照留念。小时候翻相册，正是从这些照片中初识北京。当时我以为，父母的青葱岁月和我经历的大同小异，游山玩水，享受二人时光，却从来不知道他们是怀着怎样的心情踏上那段路途的。陈年旧照中的母亲，面容清秀，眼神迷茫。父亲那副墨镜则刚好遮挡住他眼里的不安。两个三十岁出头的年轻人，人生行至断崖处，渴望从大地、山川和湖泊中寻求宽慰。

“你得让它过去。”多年以后，当我遭遇挫折，譬如失掉爱情或丢掉工作，母亲这样劝我。

“怎么才算过去？”我问。

“不去想，不追问，继续把日子过下去。”这是她习得的生存法则，曾将她从精神崩溃中解救出来。往后的母亲，比以往任何时刻都要理智坚决。

我则和母亲走了完全不一样的路。面对困境（当然不及她的苦痛之刻骨），我会反复咀嚼，不停反刍，将现实中过不去的事转化为文学的语言，以此收获一种旁观视角，进而使主体得到解脱。

有朝一日我会讲述，会记录，会留下存证。无论是生存还是生育，如今想来支撑我的全是这个有点天真的信念。

母亲最终有了我，全因为二娘的一句话。这位善良到骨子里的农村妇女，用她朴素的信念劝慰了痛不欲生的母亲：你只管生，有奶就喂，其余的我全包了。

我半岁时，母亲因脊柱关节痛、体力和精力不济无法单独照看我。孤立无援之际，她抱着我住进了二娘家。二娘没有食言。在家家吃粮本的时日，她从夫妻二人、四个孩子，加上公婆总共八个人的口粮中，省出了我们一家人的粮，并将粗粮煮熟捣烂喂给我吃。她教会我识字，认卡片，给我唱歌，在我不明原因大哭时用她厚实的手臂抱起我。她的怀抱和母亲的无异，都代表着绝对意义上的安稳。

直到成为母亲后我才惊觉，二娘和我一般大时已有了四个孩子，不但要照顾常年生病卧床的公公（我的爷爷），还要去地里干农活，劈柴生火，洗衣做饭，负责全家的吃穿用度。我问她会不会觉得辛苦，她不假思索："嗐，辛苦啥？那时候谁家不是这么过日子？做饭锅里多放点米，老大的衣服老小穿，干活的时候孩子养在土里，多掰一穗苞米就多一个人的口粮，少睡一会儿柴火桦子就劈完了。"

震惊之余，多少有些汗颜。关于"女性应当如何寻求独立、自由选择"的讨论无处不在，透过社交媒体、书籍文字和人际网络渗透进日常生活的每一寸肌理，但我似乎并没有因此而内心平静，反而时时刻刻替自己忿忿不平。在孕育和养育过程中，我时常希望自己迟钝一些、糊涂一些，因为清醒并没有让我更好过。

母亲怀上我时，在一所中学教美术，美术教师这个身份一直陪伴她，直到退休。时隔多年她才向我透露，她虽喜欢当老师，却并不喜欢画画，学美术完全是阴差阳错，是时代的齿轮咬合后为她留下的唯一路径。

1977 年 10 月，恢复高考的消息传到母亲下乡三年的知青点，母亲正在公社农机站画宣传画。从 18 岁来到这里，母亲一直在等一个机会。因为营养匮乏、气血不足，她始终没能适应田里繁重的劳作。幸好有唱歌跳舞和画画的才能，进入公社宣传队，她才不至于在风吹日晒中因贫血而晕倒。

得知消息后，母亲几经周折从乡下回城，直奔家里后院的大棚。1966 年，母亲还在读小学。姥爷多次告诉我母亲，国家不会一直这么乱下去，一定好好读书，留好教材，日后会派上用场。母亲于是将小学五年、初高中四年的全部教材留好，每一个公式、每一次演算、每一个词句都用本子抄写工整，在离家前装进一个白色方木箱，再将捡来的烟盒拆开展平，用糨糊粘在木箱外，放在自家储存食物的大棚里。完成这一系列工序的母亲颇为得意，这代表她听从了父亲的告诫，完成了该完成的课业，做了她那个年龄能做的一切。

“我教材呢？”母亲蹲在大棚门口，朝里屋喊，两条麻花辫甩在脸上。

“什么教材？”姥姥问。

“我走之前留下来的啊！白箱子！还糊了烟盒！”她急了。

“那个啊，可能是让你爷卖了吧。”

母亲瘫坐在地上，从头凉到脚。此时距离高考还有两个月，那箱书是她最后的希望。相当长一段时间，母亲的噩梦里还有这句话。第一年，母亲考学失败。她返回知青点，继续画宣传画。

1978 年，母亲 22 周岁，距离 23 周岁前报考的年龄要求仅剩一年。母亲说，一定得再试一把，不然这辈子都没有指望了，要么继续下乡务农，要么去城里摆地摊。数学和美术，她从可选的两个专业中选了美术，因为考上的机会更大。教材被卖，无人指导，反复停课和下乡务农一再挫败她求学的志气。最后时刻，母亲发了狠心，捧着两厚本托人搞到的政治和语文教材，没日没夜地背。她白天干活，晚上熬夜背题；家里太吵就用听诊器堵住耳朵，靠手指摩挲听诊头盖过噪音；困了用凉水泼脸保持清醒。备考的几个月，体重轻了十斤。

高考当天，姥姥上班骑走了家里唯一一辆自行车，母亲跑到邻居家借了一辆没有塑料脚蹬、也没有车座的破车，披着雨衣，冒着大雨，一路跌跌撞撞站着骑，甩了一身泥点，勉强赶上考试。大雨打湿的袖口将母亲的试卷边缘沾湿了，她不停用手抹去水渍，心想千万不要把答题的字迹也洇湿。那样就全完了。

母亲最终考上了，整个知青点 60 个人只考上她一人。她终于不必回去扛锄头画板报了，也不用在公社巡演，在舞台上跳舞、表演快板和三句半了。她进入师范学院，毕业后成为一名美术教师。

怀上我之后，母亲说自己也迎来了新生，有了从谷底将她承托起来的神奇力量。她开始创作四条屏的年画，一个她并不擅长的画种。那个年代，年画并不受书画界待见，但因为家家过年都要挂年画，最容易出版和畅销，而出版则意味着创收，意味着母亲能在每月 40 块的工资之外，替我的出生做足资金上的准备。

我在母亲腹中孕育的十个月，年画上的胖娃娃慢慢长出了眉眼和笑脸，肉嘟嘟的手指、脚趾在莲花之上、仙鹤中间挥舞。

专注作画的母亲心里想的只有一件事：我的孩子，平安健康。

第三章　医 院

1

5月底，距离预产期还有一个月，母亲坐上了从老家哈尔滨到北京的高铁。根据当时的防疫政策，只要出发地出现一例病例，健康宝即弹窗，无法抵京。两家每天关注着数据，在哈尔滨病例数清零的当天，母亲迅速收拾好行李，启程来京陪产。

抵京已是深夜，火车站旅客寥寥，略显冷清。远远看见瘦瘦小小的母亲，拖着和体型不相称的行李箱，头戴隔离面罩和厚口罩，朝我用力挥手。

我们上一次见面，还是在2019年春节。2020年春节，疫情暴发。2021年春节，老家小区封控。2022年春节，怀孕不便远行，就地过年。时隔三年，这是第一眼见到母亲。“你不该来的，我自己打车就行了。”她说。

车子疾驰在空旷的街道，载着我、丈夫和母亲。夏夜的北京褪去白天的燥热，但仍不免叫人汗涔涔。

“把面罩摘了吧。”我提议。母亲犹豫片刻，轻轻摘下，露出一双疲惫的眼。因为自身患有基础病，母亲没能打疫苗，加上肺部有病灶，每次出行对她来说都是一场冒险。

然而找上门的却是别的麻烦。来京第三天，母亲全身起了荨麻疹。腿、胳膊、脖颈、后背，一夜之间爬满了红色的疹子。我常见她一个人坐在床上，背对着房门抓挠。荨麻疹的痒侵扰了她的睡眠，连带着消化系统也开始反抗，频繁拉肚子。紧接着是停不下来的咳，支气管扩张的老毛病了。每当她努力说完整一句话，都不得不停下来，等这波咳嗽过去。

事不宜迟，网上挂了号，立刻带母亲去看病。一路上，母亲紧紧抓住我的胳膊，生怕我不小心摔倒。“我保护你。”穿过马路前，她拽住我的手，语气坚定。我别过脸，看向穿行的车流，感到滑稽：明明是我带她去看病，在我临近生产前夕，她如何保护我？特别是这些天，她整个人消瘦下去，身体的疲态已让她无力应对。为了不给我添麻烦，她一直在试图掩盖，身体的实际状况却一次次露了馅。

我扛着肚子，拖着抽筋的小腿、肿胀的双脚，因为腹腔内的压迫大口喘气。此刻，我们母女俩，都为了成全对方、照顾对方的不适，努力同自己的脆弱抗衡。

排队扫码进入医院时，母亲的手机响了，是姥姥、姥爷所在护养院的负责人打来的。

“你们尽力就好，我不追究。”我听见母亲说。

年初，母亲带上 88 岁的姥姥、92 岁的姥爷，从之前的养老院搬到市郊一家医养结合的护养院，起因是姥姥突发心脏病，原先的养老院没有医疗条件。疫情正紧迫的节点，院方不许家人陪护。母亲不忍，避开了院方的围栏和监控，从后院的小树林钻进去，领姥姥和姥爷去到他们的新居。我无法想象那样瘦弱的母亲是如何背着行李，搀扶着两个老人，偷偷穿过树林的。她后来和我炫耀，说自己虽然距离 70 岁没几年，但仍身手矫健。可是，本不该如此啊。我想不通这有什么好骄傲的。

后来，姥姥刚转好，姥爷又发病了。护养院的负责人打电话过来确认是否用药，并告知了母亲最糟的结果。许多年来，母亲一直在为两个老人奔忙。每隔几个月，她都要去医院开上数十种药，按照服用剂量分配、打包、标记好日期，给姥爷送过去。衣物、水果、日用品，老人一个电话过来，母亲便立即行动。从家到市郊两个小时的车程，东西送到了，老人已经忘记了为什么需要。

“人啊，不是一点一点衰老的，而是一瞬间。一瞬间，就老了。”挂断电话后，母亲感慨道，像是在自言自语。我这才知道，姥姥已无法走路和站立，只能坐轮椅。没过几天，轮椅也坐不住了，只能躺在床上。母亲雇了医院的护工照料，喂水，喂饭，给药，擦身体。然而身体机能的退化是不可逆的。很快，姥姥大小便失禁，不认人，脾气无常，不时陷入谵妄。

记得上一次回家，去养老院看他们，姥姥坐在床边，对着窗户发呆。听见响动，她转过身，望向我和母亲。我走过去，半晌，她将我紧紧搂在怀里，脸贴脸。那是我们之间打招呼的方式。姥姥认出了我。

“来这儿之前，我都准备好了。”母亲语调平淡。“照片选好了，衣服备好了，该交代的都交代了。”

“其实你不来，我自己也可以的。”我说。

“都是必经的过程。没办法。”她仿佛没听见我说话，自顾自咳起来。

距离预产期一个星期，我变成了黄码。接到社区打来的电话，说我和阳性病例时空伴随，就在家附近的商场，要求我居家观察，等统一安排的核酸检测上门，检测结果阴性即可解除。至于何时安排核酸检测上门，何时能自由活动，仍是未知数。小区内变黄码的不在少数，上班的、上学的、等着去医院的，都在群里发问，得到的答复一律是：等通知。

当天，隔壁楼因有阳性病例到访被封控，单元门口竖起围栏。十几人的保安队进驻小区，分批把守在每个单元门口，出入需查验核酸。整整一天，接打电话，反复确认与被确认；一层楼一层楼喊人，统一在院里做核酸。次日一早，每家每户门口安装了门磁，社区分发“爱心菜”。一切迹象均表明，小区封控只是早晚的事。

腹中的孩子一日比一日膨胀，强有力的胎动、顶出肚皮的气势时刻在宣告：一切就绪，准备发动。我想到自己随时可能迎接一个新生命到来，而那个明晃晃的黄码却预示着一路可能遇到的阻碍。我焦虑到极点，将自己关在房间中，情绪崩溃。

“怎么都有办法，你听我的，肯定没问题。”母亲相当冷静，“我保护你。”

“你怎么保护我？”我感觉极度孤独无助，且那份不安只属于我一人，即便强大如母亲也无法再替我承担什么。我只有默默祈祷孩子来得晚一些，再晚一些，千万等到我可以通行无阻。

一个星期后，黄码变绿码，腹中的胎儿发动了。

凌晨三点，在前往医院急诊的路上，网约车司机要求每位乘客扫码。我刚举起手机，母亲便按下我的手臂，动作略微有些粗暴。

“我自己扫就行了。”她说。司机一再坚持，必须每位乘客扫码才能开车，她瞬间提高了音量：“万一有病例坐过你的车，我们怎么进得去医院？”

我感到尴尬，不知道说什么好。司机也沉默了。

“妈，你太紧张了。”她不再说话。一进医院，她立刻冲到急诊诊室门口替我排队，并命令我坐在一旁。我远远看到她和另一个排队的人争论着什么，走过去，只听她说：“我女儿做胎心监护不影响你们看医生，快让她进去吧。”丈夫站在诊室门口老老实实排队。他向来不愿主动打破规则，更不可能开口求情。我相当清楚，假如我真因为黄码被人阻拦，第一个冲上前去的，也一定是母亲。

准备住院吧。医生说。住院处门口，母亲枯瘦的手几乎嵌入我的手臂，掐得我生疼：“有什么状况都要记得喊医生！自己勇敢点啊！”疫情期间，家属不得陪产，需要待在门外的等候区，签协议和送物品。

玻璃门开了，护工接过我丈夫手中的待产包。母亲的手还掐着我。我用力甩开她的手，强忍阵痛，头也不回跟着护工穿过寂静无人的走廊。

2

凌晨五点，住院部的走廊一片昏暗，阒然无声，只有钟表滴答作响。护工让我坐在前台等她，丢给我一堆表格填写，大多和疫情相关，流调表、承诺书、个人信息采集。借着前台微弱的灯光，我努力填写工整，同时竖起耳朵捕捉空气中和分娩有关的信息。一片死寂。我坐在黑暗里，对于即将到来的事浑然无知，因此也不感到恐惧。那几年我习得的最主要的事，就是等待和配合。

床头的对讲机叫我到病房对面的胎心监护室。进来的男医生示意我躺下，脱下内裤。紧接着走进来三五人，模样像大学生，估计是实习医生。其中一男生被点了名字，他神情严肃地靠近我："要做一个内检，看看骨盆情况。"他声音低到快听不见。我知道，产检、急诊已做过两次。我屏住呼吸，感到一块长条形石头硬生生塞进了阴道。男生的手指因为紧张而僵硬，为了不让他的实习经历太过波折，我咬牙忍住了，没有叫出声。从怀孕的那一刻起，我的身体已经变作一件容器、一个工具，既然已经踏进了这条"生产线"，当一回"小白鼠"又有什么关系。事实证明，接下来的十几个小时，我的确就是这样，在这条生产线上被传来运去，等候处置，接受安排。没有人提前告诉我接下来会发生什么、我即将面对什么。有时是床头对讲机传出的指令（去胎心监护室），有时是床被突然拉走（到待产室催产），有时医护人员直接对你提出要求（自己爬到产床上吧）。

每个产妇都要自带绑带，到病房对面的胎心监护室监测胎儿心率。他们将一卷塑料管套在我手上，叫我和几个产妇轮流将管子插在墙上的接口吸氧。除了疼，我其实并不觉得缺氧，但依然照做了。整个过程无人交谈，一旁的护士只负责记录数据，盯机器的时间比看我们的时间长。从进入住院部到现在，四五小时过去，除了独自忍受比痛经更剧烈的阵痛，接受一个又一个指令和安排，除了一位护工帮我从待产包里找出用于生产的隔尿垫，另一位产妇替我从地上捡起掉落的手机，全程没有一个人出于关怀问候我，我的感受、疑惑、迷茫、疼痛根本不在这个系统之内。

胎心监测显示，阵痛来临时孩子的心率下降了一次，为了保证孩子能承受住临产前的剧烈宫缩，医生建议我提前催产，将宫缩频率提升到十分钟内三次，以便监测胎儿心率，看是否符合顺产条件。我连人带床从病房被推进了待产室。

等候催产针就位的时间，隔壁床的产妇打着滚在床上喊，鲜血将她的导尿管和大腿染红，黄色的尿液流进她身下的尿袋。她哀求大夫给她打无痛，却被告知因为产程过快，已经错过了打无痛的时机。为了让她在挣扎和情绪崩溃中听清楚这些理由，医生一遍遍大声喊她的名字。

待产室的病床之间没有拉起帘子，她的口罩搭在下巴上，我清晰地看见了她的鲜血、她狰狞的表情，疼痛通过空气传导到我的身体，仿佛我也在痛，也和她一起呼号。那画面和声音的冲击力之大，和我从前看到的资料、影像乃至想象全然不同。她的名字如此文雅，搭配那样的画面着实令人震惊。我有点理解为什么在医院和监狱，每个成员都需要一串代号。那些曾被父母寄予厚望的名字，行走社会时写在名片上的名字，和客户洽谈生意时被郑重提及的名字，的确不适合以这样的方式公布给所有人听。最好等熬过这一切，回归日常，再更换回自己的姓名。代号就像某种净化仪式，省略掉主体性的痛苦，将一段不堪忍受的记忆彻底封存。

我需要一串编号，替我承受。

等待宫口打开的过程比想象中漫长，我们换上统一的病号服，脱掉裤子，躺在自己铺好的一次性隔尿垫上。疫情期间每位产妇必须佩戴 N95 口罩，氧气管放在口罩下面。倘若因为呼吸不畅，摘掉口罩，就会有医护人员走过来要求你重新戴上，“也是为你们好，不然呼吸过度会头晕的”。于是我们一边忍受着生产痛，一边将脸上的口罩戴上摘下、摘下又戴上。

没插导尿管之前，还可以上厕所。我光着屁股，戴着口罩，推着输液架，走走停停，去到走廊另一头的卫生间。迎面过来的产妇和我的姿势一样，交错时我们避开了目光，不是出于礼貌，而是不想在对方的窘态中看见自己，更不想留存这里的回忆。后来这个画面无数次出现在梦中，仿若现实版的《使女的故事》。

回到产床，我让护工帮忙从待产包里取一包卫生湿巾清洁下体。“你是来生孩子的，还擦啥啊？”一旁的护士说。直到这时，我仍是无知透顶，以为只要熬过这段时间，孩子自然会降生，对于即将面临的身体和精神的双重绝境毫无觉察——无论做了多少准备，看过多少资料，我从来没有真正意识到，生孩子就是这样：赤身裸体，下体流血，无法保持整洁或体面，甚至无法保全尊严。

进入待产室约三小时后，阵痛已使我的腹部、肋骨、骨盆、腰背痛到无法忍受，像一辆超载的卡车在我身上反复碾压，骨头连着皮肉被轧碎。我从前经历的任何一种痛都不能与之相比。耳边有个声音朝我低语：要撑不过去了，已经是极限了，我快要死了。人生至此，还不曾有什么如此彻底地碾碎我的志气。

“医生，我想打无痛。”我叫来站在床尾的护士，她正和三位用药物调理宫缩频率的二胎妈妈们聊天。

她侧过身，一脸狐疑地盯着我：“无痛？现在吗？”

“我家人就在外面，可以找他签字。”临产前我一度焦虑不安，叮嘱丈夫一定要为无痛分娩签字。新闻里丈夫或婆婆不肯签字的画面反复闪回，人活一世，生死关头还要获得别人的授权，着实荒谬。

“你再想想，再考虑考虑。”护士说。

“考虑什么？”

“你这么年轻，宫颈条件是这些人里面最好的。”她眼神示意身后的二胎妈妈们，医学界定她们是“高龄产妇”。“她们想自然生还生不了，你自身条件这么好，打无痛太浪费了。”

浪费？那么我用我具备的身体条件，一条健康柔软有弹力的宫颈，实现了什么样的资源置换？为自己赢得了什么有利条件？痛，反过来说，又给我带来什么好处呢？无痛和止痛浪费的是什么？初为人母的难得体验？日后向孩子讲述生产之艰的机会？与全世界所有母亲一同经历的某种共同体叙事？

在我的一再坚持下，有了丈夫的签字、麻醉医生已就位的必要条件，镇痛药物终于通过镇痛泵和导管注入我的脊柱。“从 1 到 10，你给自己的疼痛程度打几分？”麻醉医生问我。这个问题太难回答，好比在问“从 1 到 10，你给你对父母的爱打几分”，量化和感知势不两立，冰火不容。

几分钟后，药物起了作用，疼痛被驯服。麻醉医生赶往下一台手术，我赤身裸体，下体流着血，蜷曲侧卧在刚刚不知怎样爬上来的手术床上，披头散发，昏昏睡去。当我再一次在剧痛中惊醒，产程已过半，墙上的时钟过了约两小时，窗外的天空是灰蓝色的，我在挣扎中打翻了一瓶只喝了两口的能量饮料。

“为什么还是这么疼？”我几近嘶吼，却没有半点力气。

“不是告诉你了吗？无痛只对第一产程有用，后面还要靠自己。”不知什么时候换了一位男护士，他先在我的下身淋上碘伏，然后将手伸进我的下体做内检，告诉我已经开了七指。疼痛已使我的大脑麻木，小腿抽筋，我想起了陕西榆林因疼痛坠楼的产妇。在那一刻，如果有什么办法能立即终止那样的痛，我会毫不犹豫照做。

我看了一眼窗户，窗外有护栏。

抽筋的疼痛，生产的疼痛，下体伸进一只手的疼痛，撕裂后缝针的疼痛，趾骨分离无法行走的疼痛，乳头皲裂的疼痛，哪一种疼痛更要命？更无法忍受？更让人感到受辱？

承受剧烈疼痛的躯体并没有思想存在的余地。时隔一年半，我才开始回溯疼痛的根源，想厘清它为何会将我抛掷在震惊和不解的荒芜之地。在怀孕期间，我翻看了介绍孕期常识的指导手册，手机被推送过不少母婴博主的科普视频、日常 vlog，和有怀孕和生产经验的人聊过，也阅读过市面上形形色色有关女性主义、母职、育儿的理论书籍。我从不恐惧知晓，不想故意回避，更不想和父母辈、祖父母辈一样一无所知地接受命运。然而，我自以为知晓的一切，在被推进产房的刹那轰然崩塌。

每次疼痛袭来，我双手和脚趾一并抓紧床围栏，粗重地呼吸。为了防止我们从床上滚落，床围栏相当受用。隔壁床在用药物调宫缩的大龄妈妈从床上起身，紧盯着我，观察我的一举一动，仿佛想从我这里找到动产的答案，她热切又游离的眼神令我心颤。想象中齐心协力的画面并不存在，肢体接触是没有的，安抚更无从谈起。在剧痛和翻滚当中，我的小腿抽筋了，我请待产室里的护士帮忙。他并没有伸出援手，只站定在我的床尾，说："你自己勾脚趾，我帮不了你。"我帮不了你，他前后说了好几次。某种意义上他是对的，再贴心的医疗服务也不能减缓我的痛。但我想不通的是，即便陌生路人我也会过去帮忙，他为什么不帮。

使我自尊受挫的远不止这些。为了早点结束这一切，我不得不一次次恳求他替我做内检。他用碘伏淋洗我的下体，伸手抵住阴道口，叫我"用力推"。因为长时间的疼痛和喊叫，加上一直没有睡觉、吃饭，我几乎精疲力竭。见我用力不够，他用半嘲讽半激将的语气喊出我的名字："你太弱了！就这点力气，你怎么生啊？"停顿一会儿，他又问："你平时不锻炼的吗？"

在这位护士告诉我开了七指、可以进入最后产程之前，我从他那里得到的唯一指示就是"鼻子吸气，嘴呼气"。相当长一段时间，我都在极力忍耐着，担心自己的喊叫声打扰到其他人。不知过了多久，帘子拉开，待产室里除了我，空无一人。

后来我被推到手术室，他们叫我自己爬上产床，腿放在两个支架上，手抓住两侧的把杆。一位负责接生的中年女性坐在门口，告诉我如何用力，见我始终不得要领，她说："你逛大街呢？我们都跟这儿耗着下不了班。"

生产持续了十七个小时，从凌晨到夜晚。疼痛抵达承受的边界，体力趋近极限，我手脚发麻，眼前发亮，眩晕使我听不清医生的指令。"她很会用力啊！"一位小个子护士走过来，抚摸了一下我的头发："你放心，这是我们院最有经验的助产士。"手术室紧绷的气氛一下子放松下来。我什么话都没说，内心却感激不尽。因为自始至终，我都是"不合格"的产妇，力气小，不会用力；我不够格成为母亲，因为不会忍痛，无法在关键时刻给孩子最好的助力；我无知，阵痛刚开始就因为怕没力气喝掉半罐红牛，吃了两块巧克力（"万一到时候顺产生不出来，剖宫产可是要洗胃的！"）；我不合时宜地穷讲究，开指时还惦记着擦净下体；我固执，那么好的宫颈条件却打了无痛。我是耽误医生下班的病人，不得要领的产妇，不负责任的妈妈，自始至终只想着自己要活着出去，几乎没有余力想孩子。

面对不了黑暗，无法凝视深渊、坦然坠落，创造便永无可能。在人生的至暗时刻，努力做一个周全的好人，又意味着什么呢？我在忍耐什么？为什么非要忍耐？回顾过往的人生，我几乎从未大声宣告过“不，这不是我想要的”“你不可以这么做”“我不允许你这样伤害我”。拒绝在我的词典里意味着失礼，忍让是做人起码的美德。小时候被家长错怪，顶多蒙着被子哭到睡着；读书时遭到老师的言语暴力，只是埋头学习证明自己；谈恋爱被无端分手，就默默独自承受，靠时间弥合伤痛；工作时被不公对待，大多时候也选择了隐忍。我从未爆发过，也不曾和人正面交锋，失控的情绪最多只是指向自己。我究竟在怕什么？

活到三十多岁，我仍不理解自己：为什么在孩子顺利娩出后，还要用尽最后的力气向替我缝针的医护人员道谢、关心她是否辛苦？刚刚还在用嘲讽击碎我又用她的专业将我缝补起来的人，我渴望从她那里获得什么认可呢？“今天我遇到了一个懂礼貌的产妇”？

我不知道。我只知道，这些时刻我并不真正存在。我的孩子也是。我们两个人不过是在经受一段现代社会的过渡礼仪。没有旁证，没有注目，没有劝慰，只有鲜血、被压抑的号叫和挨不过去的疼痛。还有劫后余生之后一条幸福洋溢的朋友圈。

“在历史上的当下做一个身受剧痛的小人物，意味着在大多数人只想往你的身体里窥探时，做一个对自己身体尚存感知的人。”

如果我能在生产之前，在过去孤立无援的时刻到来之前读到诗人安妮·博耶的这段话，就好了。那样，我所承受的，我们共同承受过的，也就不会令人绝望且无意义了。

3

一声啼哭。

“怎么这么多羊水！”

“哪里？”

“不是肺里的，好像是胃。需要叫儿科来吗？”

“不用。”

长长松一口气。

一团淡紫色的肉球被抱过来，你皱巴巴的额头贴在我脸上。两秒。我永远都忘不了那种触感。这是你和我打的第一个招呼，你发皱的皮肤紧紧贴在我的脸上，温温的，味道像是被大雨冲刷过一整夜的草皮、冬天从屋外回家后风尘在人身上留下的淡淡腥味。

针线在我的下体穿行，撕裂伤，医生说要手动缝合半小时，“缝肉是需要缝出层次的，没那么简单”，医生边动作娴熟地穿针引线边向我解释道。经历过十七个小时的生产，此时的疼痛更锐利、叫人无法细想，但多少带有解脱的滋味。

“会通知家属吗？”我问。

“会的。”

过不多久，护士将你放在我身边。你裹在一块墨绿色的布里，闭着眼，油黑的头发像刚洗过。粉红色的嫩嫩的皮肤，圆圆的鼻头上长着粟粒疹，额头上一块浅咖色的印记似有似无。我的孩子，一个崭新、干净的小生命，就这样只身闯入未知的世界。

“该拿他怎么办啊？”我问护士，下一步该做什么，我还没有概念。

“什么怎么办？”他转身去了隔壁床。那个产妇宫口已经开了五指，除了急促的吸气声，她过于安静了。

三小时后，我从留观的产房被推出来，你裹在那块墨绿色的布里，被放在我旁边、床的一侧。一条狭长幽暗的通道，经过时你哭声震天，声控灯逐一亮起，两侧病房的护工在门口驻足张望。在你透亮的哭声中，我们似在接受一场检阅，我内心生出了自豪的情感，为我，为你，为我们共同完成的这项伟业。灯光明灭之际，我甚至抵达了美的顶点，一种近乎崇高的情感将我攫住，哪怕无一人祝福。

回到病房，我用手机发了你的照片，家人才知道一切顺利。疫情期间，家属一律不许进入病房陪护，也没有人告知他们孩子已经出生。想象中医生抱着孩子通知家属，向他们宣布孩子顺利降生、男孩女孩、几斤几两、母子平安的画面并未出现。医院内外的时间被切割开来，当护工替你穿上衣服，喂你喝下第一口奶粉，我为自己渡过劫难而庆幸时，在医院门口等了一天一夜的丈夫、因为身体熬不住回到家中熬夜等待的母亲、远在东北的父亲、河南的公婆，都还各自握着手机不敢入睡，等待一个孩子的平安降生。

我叫你——久久。但愿人长久。我以为是最好的祝愿。

分配给我的护工是一位六十岁左右的东北阿姨。两把折叠椅放在床尾的空地上，再搬出一个木板擎在上面，铺上瑜伽垫，就成了她夜里睡觉的临时床铺。曾安安静静待在我腹中、仅靠翻滚和蹬腿宣告存在的小家伙，此刻在透明小床里时睡时醒，不时发出生涩的哭声。

麻醉医生下班了，无痛分娩的止痛泵还挂在我身上。等到三天后出院，我才重新在镜子前审视经历了这一切的自己：肚子松松垮垮，似热水袋一般；乳房被堵塞其中的奶水撑得锃亮，一直肿胀到接近锁骨的位置；肚脐是深褐色的，变得扁平，肚脐上方留下了一道“V”字形的妊娠纹；固定导尿管的胶布已被撕去，在小腹左侧留下了两道深色的印记，任凭我用流水冲洗、毛巾擦拭也无法除去；无痛针刺入脊柱的针眼被一块方形胶布盖住；缝合的下体肿胀起来，形成一个肉疙瘩，排尿时火辣辣地疼；小腿和脚上还沾着血，已然干涸，变为红褐色。

我凝视镜中的自己，像和一位从战场凯旋的士兵对视，眼里没有骄傲，只有疲惫。她只身闯过了鬼门关，自此以后，要去打更加艰难、更无法预测的仗了。

病房安静得让人喘不过气。明天即将剖宫产的年轻妈妈在偷偷啜泣，她说自己胆子小，怕疼，手上划个口子都会哭。半夜，当我沉浸在兴奋中无法入睡，突然床动了，我被移到一边，门外推进另一张床。新入院的产妇，腹中的孩子尚未足月，羊水提前破了。医生将她的病床调整到脚高头低的位置，告诉她减少移动，避免羊水流出让胎儿缺氧。她始终保持着微微倒挂的姿势，在厚厚的棉被里一动不动。夜里，她牙齿咬得咯吱直响，压低声音呻吟着，我支撑起上半身去看她需不需要帮助。她指着床尾的小床轻声问我："那是你的宝宝吗？"我说是。"真好啊，你完成了。"她叹了口气，苦笑道。

那一晚，黑暗闷热的病房里，三个妈妈被围困在各自的烦忧中，无人倾诉。

奶水还没有来，配方奶粉成了必需品。为了记录下你第一次喝奶的珍贵片段，我拿起手机录像。每每举起手机，奶瓶便从你嘴里抽走，喂奶停止了。一开始我不明所以，直到有天护士长查房，发现了床底下的一桶奶粉。“谁让你们喂奶粉的？不是说了母乳喂养吗？”她冲护工高声道。

“我知道，但宝妈还没有奶水。”护工似已见怪不怪，有一搭无一搭地应和，换纸尿裤的动作没有停。

护士长再次严正普及了母乳喂养的方式和好处，并要求护工尽快收走床底的奶粉。她走后，护工无奈摇头：“每次都是这样。那没奶怎么办？孩子饿着吗？”

那是我的孩子，我的母乳，我花钱购买的奶粉。自始至终，没有人问过我一句。阳光照进病房，将我的影子映在墙壁上。我就是那团模糊的影子。

4

住院第三天，我们本该一起出院。我算好了日子，得空就在病房走廊扶着墙上的扶手练习走路。生产让两腿之间的趾骨分离，过度用力拉伤了大腿内侧的肌肉，缝合处伤口尚未痊愈，有两天时间我无法从床上起身，全靠护工搀扶和搬运，更不要说独自走路了。

大概是吞进胃里的羊水挤占了空间，你喝奶时边喝边吐，而新生儿黄疸非要多吃多排才能消退。我正坐在床边收拾东西准备出院，护士走过来，说孩子黄疸值偏高，需要单独去儿科住院。

“单独？就他一个人吗？”我以为自己听错了。

“对。”

“要多久？”

“看情况。”好吧，我想。看情况，等通知，好像变成一种规定用语，它代表着大而化之的责任，承担了，但不多。

从怀孕起的十个月里，这是你第一次离开我。你还那么小，拳头和一颗车厘子一样大，我不敢去想你怎样独自一人去住院。那天下午，给你喂完奶，洗好澡，换上干净的纸尿裤。病房里只剩下我和你。我轻轻亲了亲你的额角：“我保护你。”

我摆动僵硬的双腿，亦步亦趋跟在护工身后，你被裹在单子里，小小的一团。我一直跟到住院部另一侧的走廊尽头，直到铁门在护工身后关闭。

坐上轮椅，母亲来接我。丈夫去办理我的出院手续、孩子的入院手续，推轮椅的任务就落到了母亲身上。来到地下车库的斜坡处，轮椅怎么都上不去，推到半路就退回去。我提议下来走，母亲不让。我能感觉到她用尽全身力气，因为轮椅突然冲到坡顶，差点儿撞上迎面走来的一位老人。

我终于有机会从母亲口中复原三天前病房外的经过。我住院后，母亲一直等在住院部门外，从凌晨四点到下午四点，中间吃了顿简单的午餐，和给我送进病房的食物相同，一个茴香馅包子，一碗粥。夜幕降临前，她实在累得睁不开眼，必须找个地方躺一会儿了。临回家前，她对我丈夫千叮万嘱，千万别离开。

“我想着你不会那么快，他肯定要在医院过夜了。我就跑到马路对面的超市，给他买了睡袋。又怕他睡在地上受凉，到处找纸盒箱。”

“去哪儿找纸盒箱？”

“我看有家卖水果的，门口堆着好多纸箱子，我去要，他们怎么都不给，付钱也不行。没办法，我抢了两个就跑。”她扬起眉毛。

我感到可笑。毕竟我一个人在里面生不如死，丈夫等在外面是应该的，至于他睡不睡觉，在那个节骨眼并不是多重要的事。母亲总喜欢把事情搞复杂，关注些细枝末节。等她回到家，刚躺在床上，你就出生了。

“你那晚睡了个好觉吧？”我问。

“我？我根本没睡着！怎么可能睡得着呢？”她反问我。

再见到你，已是你出生后第七天。你温顺地躺进姥姥怀里，瞪着大眼睛来回打量，不哭也不闹。姥姥微笑着，目光始终没有离开你。后来才发现，这一幕和我家中的一张老照片惊人地重合——三十多年前，和我现在一般年纪的母亲抱着我，我在母亲怀里吸着奶瓶，眼神无念无想。那时的母亲，圆脸，单眼皮，刘海浓密，羞涩地望向镜头，比我印象中的她更柔软，更天真。

母亲回老家前夕，我预约了上门拍摄新生儿照片。等到母亲和我们一家告了别，回到东北，我才收到摄影师发来的照片底片。其中一张是我们一家三口，肉团一样的久久光着身子躺在我怀里，丈夫站在我身边。画面的右侧，出现了半个手掌。那是母亲的手。拍照当天，是她替我们撑起反光板，将手掌的影子留在了底片上。

盯着照片里母亲微微弯曲的小指，我一遍遍回想拍照时的场景，反复质问自己：为什么当时没有想到叫母亲一起拍张照呢？为了久久的诞生，她从老家专程赶来北京，一个半月里体重减轻了 4 斤，并且一直在和自己瘦弱多病的身体抗争。留下一张合照，该多好呢？

这一刻，我突然理解了母亲为什么那晚偏偏执着于买睡袋、找纸盒箱，拖着疲累的身体瞎忙活——她自知帮不上我，于是只好竭尽全力做她能做的事，帮她能帮的人。只有这样，她才觉得帮到了我；也恰恰是这一系列无关紧要的小事，让她挨过了女儿受苦的时间。

韩国作家金爱烂在《我的忐忑人生》中写道：“人

为什么生孩子？人们渴望让自己没有记忆的生活重新来过……人们通过子女去回望，重新经历那段时间。啊，我还在吃奶呢！啊，我撑起脑袋了！啊，我用那种眼神看着妈妈呢！人们看见了原本看不见的自己。自从做了父母，人们重新变成了孩子。”

而面对你，我感到自己不仅重新变成了孩子，同时也变成了当年的母亲。我最初对你的情感还不是爱，那时我只知道要对你负责（责任大到细想都会失眠的程度）。我向来不是轻盈的人，你的重量虽已从我身体卸下，更重的重量却牢牢压在我的神经上，反而在那段时间使我更加沉重、谨慎、偏执。最初对你的情感或许更接近于怜惜，看着你有时闭着眼吸吮乳汁，有时用透亮的眼睛直直望向我，我不止一次设想你的未来，渴望而又有些畏惧——你对这个残酷的世界一无所知，心中既无希望也无恐惧、没有志向也没有规划、没有力量也没有欲望。我悄悄看你的时候，在某个瞬间感到自己是透过母亲的眼睛来看、以母亲的心去感受的。也因此，我对母亲多了一层理解——她必定也曾这样充满怜惜、怀抱期待地望向我。

5

母亲没有在我身边待太久，等我和久久顺利出院，她便立即赶回老家，照管垂危的姥姥姥爷。

母亲来京之前，姥姥还能自己走路。仅仅一个月过去，她衰老到站不起来。母亲和舅舅赶去送轮椅，她和自己的一双儿女握了握手，刚坐上轮椅，没说上两句话，便昏睡过去。母亲这才从护工那里知道，这几天姥姥已黑白颠倒，意识模糊，晚上起床翻抽屉，在护养院的走廊溜达，时常整宿不眠。有时候陷入躁狂状态，姥姥会乱抓乱打，啃咬靠近她的人。有时候状态复原，她又乐颠颠给照顾她的护工唱“谢谢你给我的爱，今生今世我不忘怀”。姥姥喜欢唱歌。小时候去姥姥家，床上摆满她手抄的歌谱，停顿和情绪一一用圆珠笔标记出来。《外婆的澎湖湾》《牡丹之歌》《我的中国心》她最拿手。唱喜欢的歌，姥姥中气十足，面色红润，遇到拿不准的音，她会对照简谱反复练习，直到满意。

在我所见的人当中，没有谁和姥姥一样，认认真真地游戏。每逢年节，全家人聚在一起打扑克，多半是为消磨时间，聊聊闲天，少不了要耍赖、偷藏几副牌。只有姥姥从头到尾挺直腰板，扑克牌甩得噼啪直响，一门心思想赢。倘若耍赖被她逮到，她定要大声抗议。她越是认真，大家伙就越是笑她。有她在的牌桌，吵吵闹闹，热闹非凡。随着我、表姐和表弟长大，全家人聚在一起的时间越来越少，这个考学、那个出国，小时候两天一夜的春节聚会渐渐缩减到除夕当天的一顿午饭。吃过饭，一家人走到饭店门口，差不多有了各回各家的气氛，姥姥总爱主动提议去她家打扑克。她提议时异常温和，像在试探，且随时做好失败的准备，和她在牌桌上的杀伐决断全然不同。“走吧！陪老太太打几圈！”有人应道。于是一行人浩浩荡荡往她家去了。陪她，听上去有股哄她开心的迁就意味，那不是她真正渴望的游戏。十几岁的我曾因为这个词而替她感到难过。

六岁那年，姥姥来家，我摆出跳棋和她对战，我们在沙发上从早上“厮杀”到中午，姥姥略微处在下风。我玩烦了，肚子也饿，吵着要吃饭，她哪肯罢休，硬拉着我继续下。她每落一颗棋子，都会朝它“诶嘿”一声，像在给它加油打气，嘴里还念念有词“我就不信了”，好像我们不是在下跳棋，而是在下赌注。直到她终于赢了我一把，笑容才重新回到她脸上。小时候和大人玩什么，大人都会让着我，他们假装输掉的样子很刻意，一眼就能识破，无聊得很。只有姥姥，从不和我耍花样，拿出十二分精神对待我们的每一场游戏。

和我下跳棋的姥姥，比现在的母亲还年轻。她一头烫过的油黑卷发，长及耳垂，用波浪形的发箍拢到脑后，干练利落。她穿一件淡紫色的羊绒马甲，涂枣红色的口红，在那个年代颇为时尚。读初中时，这件紫色马甲不知怎么跑到了我身上。穿去上学，免不了被问是从哪里搞来的。我只管穿，哪怕上面沾有姥姥家衣橱里的樟脑球味，还是很喜欢。大概凡是她的东西，在我这里都超越了审美的维度，是不以时间来论的，自然也算不得过时。

我第一次见游戏机就是在姥姥家。打会儿游戏！几个字一出口，她便下定决心一般走到电视前，蹲下身，从电视柜中捧出小霸王游戏机的盒子。没等她连好游戏机，我早已选定位置，盘腿坐在地毯上，等她投入战斗。我不擅长这类游戏，玩家只有她一人。马力欧只身穿过危险重重的山脉、峡谷和大海，和酷霸王的士兵们决一死战，直至从旗杆一跃而下，迎接绽放的礼花。穿蓝色和红色裤子的比尔和兰斯手持机枪扫射，在加鲁加群岛上跳跃、翻滚、躲闪，消灭迎面而来的敌人。黄坦克穿行在墙体、绿地之间，趁白坦克不备，向它扫射炮弹，在墙角、通道、死胡同辗转腾挪，赶在被对方炮弹射中之前迅速歼灭敌人，吃掉闪烁的五角星，炸毁敌军的堡垒。姥姥的一双拇指在手柄上翻飞，身体随马力欧、比尔和兰斯、黄坦克前后左右摆动。我看得入了迷，时刻紧张着，仿佛自己也正穿越险境，身处激战。

2001 年北京申奥成功，姥姥决心不再上老年大学的声乐课，转而去学英语。她用同样的热情和专注抄写英文单词、句法，说要为奥运尽一份力。之后的一两年，只要我们见面，话说到一半，她会突然严肃起来，盯着我的眼睛，一字一句地说：Welcome to Beijing. I am from China. I love my country. 她很快学会了用英语打招呼、指路、买东西：Cross the street, the bus station is on your left side. 每当我听懂她的英文，翻译成中文讲给她听，她就兴奋得直拍手。后来北京奥运会开办，姥姥一次也没有来北京，更没有遇见过找她问路的外国人。她一辈子不曾走出过国门，只在我出国读书前拉着我的手千叮万嘱，“养你这么大不容易，离家在外保护好自己”。她没能用上自己学的英语。甚至在我回国后，她完全忘记了我去过哪里，在做什么。我猜她学英语的真正意义，大概在于对抗衰老的记忆，让我们和她都觉得，她还是有用的人。

大二那年，我刚过 20 岁，独自一人到英国做交换生。曼城的冬天，风大雨大，雪下起来胜似鹅毛。一个雪夜，我在学校公寓里沉睡，睡梦中，我眼见着姥姥衰老、过世。场景真实到令人心碎。我哭着醒来，爬下床，推开窗，风雪顺着缝隙灌进暖气烧热的小屋。两股气流在我的腹部交汇，我呆呆站着，试图理解梦的含义：假如有天姥姥真的不在了，我的生活会有多大的改变呢？答案是：不会有变化。巨大的孤独将黑暗中的我紧紧攫住，我感到无法诉诸语言的沉痛。

在小说中，我写过不同人的姥姥，也写到过这个梦的变体，却一次也不曾认认真真写过她这个人。哪怕在写作这本书时，我依然不知道该如何书写她，不知道该以什么方式将她纳入我的记忆。我发觉对姥姥的认识全都基于“姥姥”这层身份。我对她这个人，她的经历、她的内心、她的孤独一无所知。

她多孤独啊。刚进养老院，姥姥见别的老人三三两两聚在一起打扑克，很想加入。试过几次，均以失败告终。我猜，先来的人对后来者多少有些戒心，而且人到了年纪就会变成小孩，不懂包容忍让。母亲怕她孤独，领着她去和那群老人说情，希望他们多带她玩。大概是没得到什么正面反馈，只好作罢。

刚住进养老院那段时间，她每天都打开电视，新闻、电视剧、唱歌节目、主持人比赛、年代久远的译制片，她都爱看，有时连广告也不放过。后面她愈感吃力，白内障，离电视只有一步之遥也看不清影像，耳聋，听不见声音。同楼层的人嫌她房间的电视声太大，常和院长投诉。久而久之电视也不看了。

养老院开设了兴趣班，教唱歌和手工。她去了，发现自己听不见也看不清，慢慢也就没了兴致。有时上级领导来检查，院里安排老人们去大礼堂听健康讲座，姥姥也被要求去“充数”。她坐在人群当中，眼前的人影上台下台，麦克风发出的声音像被蒙在厚厚的玻璃罩里。她靠在扶手椅上时睡时醒，直到有人托着她的胳膊肘将她搀扶起来。

疫情之前，养老院并未封闭，允许家属探望。每回去看她，走进房间，都见她坐在床边，面朝窗外，沉默不语。她在想什么呢？还会想起过去吗？现在呢？现在的生活对她而言是什么呢？她会不会无聊？在思考这些的同时，我也不止一次在想，写作如果真是对真相的揭示而非美化，就不该这样写衰老，正如不该用“一切都是值得的”过分简单地叙写母亲经验。我应该写病房里熏天的屎尿，写屁股被纸尿裤磨破的皮肤，写被病毒袭击后高烧的病体、塞进柜子和鞋里的粪便，写混沌的大脑和毫无道理的睚眦必报，写那些令我们恐惧、不愿承认却切实存在的事物。我应当揭露被日常生活、家人讲述、现代医学、新闻掩盖的真正残忍的部分，不会主动和人说起的东西。就像每次去探望她，无论我内心多想和她亲近，我都会从动身前去的那一刻开始，渴望从那里逃离。与此同时，我又希望她一直都在，满足我毫无用处的孝心——敲下这些字的时候，我仍觉得她还在那里，在那扇窗前。只要我想，只要走进那个房间，就还能见到她。

夏末秋初，母亲从北京的医院辗转至老家的护养院，想在姥姥忘记她之前多看几眼。疫情期间，按规定家属不得探望。母亲心切，提上一大兜水果，从门卫的玻璃窗塞进去："老人病重，求你让我进去吧。"门卫师傅不忍，便替母亲登记，讲好一个钟头之内必须出来："从旁边的小门进吧，别被监控拍到。"

想起我产后42天去医院，月嫂抱着孩子去儿科检查，我去妇科复查。等我做完检查返回儿科找孩子，门口的医护拦下我："疫情我们有规定，一个孩子只能进一个家长。"刚满月的孩子在月嫂怀里哭，我求她让我进去。她说了类似的话："那你得溜边进去，千万别让摄像头拍到，上面管得严。"为了不给她添麻烦，我弓着腰偷摸摸溜进儿科候诊室，用余光找摄像盲区，内心狐疑：此刻到底谁在摄像头的另一端看我？

那一次探望，母亲总共知晓了两件事：第一件，姥姥背着护工和姥爷偷藏了两万块现金；第二件，姥姥还是爱她的。"她大概是知道自己快不行了，钱是她唯一能掌控的东西了。"母亲说，"临走前，你姥姥握住我和你舅的手，说，'我希望你们都好'。"那是她和自己的儿子女儿最后的道别。

久久出生后三个月，一个清晨，我喂完奶，打开手机看时间，收到了母亲发来的信息：姥姥故去了。失去了母亲的母亲冷静得叫人心疼：“走得很安详，没遭罪，就像上天安排得那样顺利。”我知道，身为长女的母亲一向如此，再不可逾越的痛苦，她都能镇静地讲述。那代表她已整理好心情，准备投入下一场战斗，非但不需要别人劝慰，反而承担了劝慰他人的角色。

那段时间，我几乎每天都给父母发去久久的视频：能追视了，听见声音有反应了，会对人笑了，能抬头了，学会趴着了。同一时间，母亲每天也会接到护养院护工发去的视频。姥姥几乎丧失了视力，听不到声音了，看见人没有反应，起不来床了，渐渐完全不能自理了。以我有限的阅历和想象力，我不知道母亲怀着怎样的心情看完了这些视频，又如何平静地将自己的母亲送走。

母亲说，临走前姥姥半睡半醒，护工用开水烫了她最爱吃的葡萄，替她剥好皮，准备用勺子喂她。姥姥眯着眼，抬手轻轻挡了一下，大概是在说，让我安静走吧。等母亲赶到护养院，姥姥已安详离世。

看到消息的那一刻，我无端想起一件根本无关紧要的事。

五六岁的样子，晚饭过后，母亲带我下楼遛弯，忘了带钥匙。父亲出差在外，隔天才回。母亲带我去了姥姥家。姥姥将皮沙发的靠垫铺在地毯上，变成我们娘俩临时的床铺。临睡前，母亲和姥姥坐在沙发上，说着我听不懂的话，我一个人在垫子上翻跟头，从屋子这头到那头，再从那头翻回来。

夏日夜晚，风从窗子吹进来，轻柔，温凉，窗帘的一角鼓动着，像胀满的船帆，淡淡的月光洒在地毯上。我兴奋得无法入睡，在黑暗中感到幸福。

第四章　适 应

1

我们将睡熟的你放在大床中央，身长50厘米，体重3390克，原来是那么小那么小的崽，两只手托起来软软糯糯，比猫咪或是蛋糕胚还柔软。哪怕你哭起来，我们急得团团转，也仍然不敢将眼前这个红彤彤的小肉团托举起来。我们好担心你啊，担心将你折断，担心你夜里睡觉时停止呼吸，担心奶水呛入气管，担心你被自己的指甲划伤。

刚生下来时，你的指甲很长，边缘并不完整，像被什么人咬过似的。为了防止你抓伤脸蛋，我们将你的衣服袖子裹起来，或者干脆系一个疙瘩。为了剪掉过长的指甲，趁你睡熟，我捏起你的手指。在阳光的照射下，指甲是淡粉色的，有些透亮，关节绵软，指肚光滑，没有指纹。指甲剪的刀刃划过，它们就扑簌簌飘落在空气里。弯月一样细软的指甲，不像是人体产出的多余杂质，不需要特意用纸巾包裹起来再丢到垃圾桶。它更像是窗外飘进来的一颗灰尘、落在野外树梢的一片雪，是某种自然之物，无须刻意清理。

婴儿的指甲不像大人的那样坚硬，最趁手的修剪工具是一把小剪刀，和小时候剪贴纸的剪刀类似。网上有卖另一种指甲刀，带有全自动的磨砂转轮，商家声称它碰到肉之后会自动停止，可以免去家长手动操作的麻烦和失误。我最后还是选了圆头的小剪刀，就像园丁剪掉花园里多余的枝桠，修剪也是一种乐趣。

有一次我不小心失了手。血从你的指尖溢出来，我慌忙找来棉签擦擦蘸蘸，血迹还是在你指甲缝里残留了几天。鲜血漫溢的那一刻，我第一次因为别人身上的伤感受到切身的疼痛，仿佛那血是从我自己的指尖滴下。之后的若干天，那一小块残缺的指甲和暴露在空气里的粉嫩的肉，也像长在我的手指一般，承受着空气和流水的侵蚀，火辣辣地疼。

你出生后相当长一段时间，咱们家经历了打仗一样混乱的日子。最明显的改变当然是身体上的。产后第三天，分泌的乳汁堵塞在乳腺，胸部肿胀得像块石头，轻轻一碰就钻心地疼。你还在住院，电动吸奶器的吸力不够，整整一天一宿，涨奶的疼痛使得我的后背连同后脑一并麻木，完全无法入睡。原以为分娩痛已是最后一关，何曾想涨奶的痛竟如此撕心裂肺。幸好有通乳师帮忙，最后咬紧牙关，受刑一般扛了过去。

我一度非常抗拒电动吸奶器规律的轰鸣、频繁闪烁的红灯和通过塑胶管流入奶瓶的淡黄色乳汁。使用它是为了提前吸出多余的乳汁，留待婴儿食用——撩起上衣，露出乳房，将两个喇叭状的透明罩子扣在胸前，等候奶水有节奏地被泵入塑料瓶。不知道其他新手妈妈感受如何，在日夜泵奶的过程中，我的屈辱和愤怒达到了顶点。我愤怒于人的身体以如此直白的方式被机器操控，愤怒于市面上普遍流行的母乳主义。

喂母乳还是奶粉？在新手妈妈们当中，这个问题常用于开启话题。无论是在月子中心还是社区诊所，面对邻居还是朋友圈的熟人，回答“母乳”总是安全的，可以省去听人说教的时间。如果回答“奶粉”或“混合喂养”，得到的则往往是意见和建议、民间诊断、各路偏方。人在敏感的时期，家人的好意也会伤人：频频端上饭桌的“下奶汤”、言语间的不解（“咱们那个时候天天挨饿还有奶，现在的年轻人好吃好喝……”）、有意无意的调侃（“看看孩子吃你一口‘点心’累成啥样”“点心吃完咯，该吃正餐了”）。

哺乳将原本整全的时间切割成碎片。无论白天还是夜晚，每三小时左右，奶水就会充满乳房，乳房的胀痛会提示我：该喂奶了。无论是亲喂还是使用电动吸奶器，都需要尽快解决，好换取下面三小时的短暂休息。如果因为什么事耽搁了，奶水便在乳房中积蓄，有堵奶的风险，容易发展成乳腺炎。而每当奶水排空，原本的自我和身为母亲的自我会短暂分离、出现缝隙；对我而言，便是突然意识到自己（仅仅是自己）仍然存在的瞬间。

奶水不够。我没有很快放弃。用奶水喂养初生的婴孩，从中体验到初为人母的成就感，是我对“母亲”这一角色最原始的想象。选择不母乳喂养是一回事，希望母乳却没有能力是另一回事，正是后者让我不甘：明明孩子最初的食物就出自你身上，只有你有能力提供，第一时间安抚他，让他不再饥饿、停止哭泣，为什么偏偏做不到呢？

生活里再没有别的任务，只有一个有着最基本需求的孩子，和这具久经考验的身体。你周围的环境、接触的人都在和你谈论这一件事。这件事就顺理成章成了你唯一在乎的。而当你的思考、教养、学识、积累，通通不能在这件事上给你助力的时候，陷入思维的僵局就不奇怪了。

夜里，孩子嗷嗷待哺的哭声敲打着我的神经，熬过一个又一个无眠的夜晚，天光透过窗帘，无法遏制的委屈如同潮水将我淹没。在护士站，妈妈们一边隔着落地窗晒太阳，一边将孩子揽在怀里喂奶，她们的动作如此娴熟自然，而我哺乳的过程却一波三折。我开始怀疑自己其实并不适合做母亲。

差不多大半年的时间里，夜里每隔三小时就会在熟悉的哭声中醒来，喂母乳，冲奶粉，喂奶粉，洗奶瓶，消毒奶嘴，抱在怀里哄睡，有时还要更换被尿浸湿的衣服和床单。完成这一系列流程，房间里只亮着一盏光线暗黄的夜灯，大脑空无一物，感觉麻木；在睡眠极度匮乏的情况下，人很难调动多余的情绪，只剩下一连串机械的动作。

“孩子睡你也睡”是新手妈妈经常听到的一句话。而真实的情况往往是：孩子睡下后，世界不再向妈妈索求之时，妈妈的自我才开始慢慢拼合为一个整体，释放出来，站立起来。她才终于有机会思考和自己有关的具体的事，比如自己喜好什么，希望实现什么，借由什么实现。在这些时刻，她宁愿保持清醒。

无数这样的夜晚、清醒的时刻，初为人母的妈妈们不由得想念过去行动自由的自己：可以随时随地离开家，去想去的地方，和朋友聚餐、逛街、旅游，尝试心爱的食物，喝酒和咖啡。那时她们的身体尚未损伤，五脏六腑都清爽，睡眠未被剥夺，她们精神饱满，心无挂碍。

2

生完孩子后，在护士、护工、月嫂、早教推销员、家政服务中介的口中，我成了“宝妈”，无名无姓，简单明了，有尊重的成分，但更多是图省事。“我”被迅速替代、抹去，转换成了另一种附属角色——照料者，新生命赖以生存的客体。

成为母亲后，诸如此类的对话时常发生：

“睡得好吗？”

“我睡得还行，半夜醒了几次。”

“我问的是孩子。”

“晚上别睡太晚，孩子睡你也睡。”

“我还有一些事情要处理。”

“有什么事比孩子重要？你休息好了，第二天才有精力带孩子。”

“孩子呢？”

“孩子在家，和阿姨午睡呢。”

“心真大，把孩子撂家，自己出去潇洒。”

“赶紧把下奶汤喝了。”

“我喝不下。”

“喝不下也得喝，你又不是你自己，孩子等着吃奶呢。”

我不是我自己，还能是谁呢？

我一定不是第一个体会到这种崩溃的人，但对外讲述的并不多。小说《夜母》中的那个母亲每日身陷混乱、崩溃，变身母狗让她得以从母职中脱身，重新感知到自己身体性的存在："她成为家庭主妇之后，自我就开始慢慢消失，最后她只在自己的被监护人面前才是完全存在的。当她回想起自己如何度过每一天，不禁要问：没有孩子的话，她还存在吗？"

阵痛发作前三小时，我还在修改一本书的译稿，虽然呼吸不畅需要靠吸氧缓解，双脚肿胀得不像话，但我的思路仍是清晰的，可以从几种译法中筛选出最恰当的表达。怀孕期间，我一直在负责一档视频访谈节目的策划和采访，和嘉宾讨论"何为真实"这类高屋建瓴的问题时，我可以敏锐捕捉到提问的时机，在有限的录制时间内，通过不断设问引导他们讲述，将节目所需的内容补全。我们探讨历史转折期的偶然与必然、人性的光明与灰暗、个人选择与时代的关联，也聊到了王安石变法、赫尔曼·黑塞的精神危机、喜剧的内核、乔纳森·弗兰岑、儿童性教育的路径、社会变革的要素、年龄之于写作的意义。

生下孩子两个月，我收到一封英文邮件，需要确认一部我策划过的片子的版权，看是否能在艺术展览中使用。我试图回复那封邮件，却发现自己丧失了调用英文的能力：我拼写不出最简单的单词，拿不准句子怎样写才通顺，多年训练习得的语感消失了。我尝试了一遍又一遍，在手机上写写删删，终于还是放弃了。

我的处境：陌生，琐碎，庞杂，惶恐。我随时随地都需要一种决断力，将自己割舍出去、交付出去，时间和注意完全分配给初生的婴儿，确保他按时进食（计时、喂奶、拍嗝、吸奶、清洗、消毒），保证他的睡眠（哄睡、安抚、保持安静、观察反应、及时唤醒），保持卫生（换纸尿裤、洗屎、洗澡、抚触、洗衣、擦地、擦灰、整理），和他互动（认知卡、排气操、布书、故事、自说自话、唱歌），适应新身份（办理卡证、购买母婴用品、学习咨询、求医看诊、协调家庭关系、沟通、解释、争吵）。我再也没有余力，去思考一句中文的晓畅、一期节目的节奏和架构、一本书的动人之处、一个问题的真伪。那些我曾经视若珍宝的观念、信奉的价值，全数让位于切实的密集的劳作。

每晚八点，面对阳台的大窗，窗外依然是万家灯火，层层叠叠的楼宇像黑夜里的萤火。我怀里抱着小小的你，在黑暗中摇晃身体，时而哼歌，时而模仿胎儿在子宫内听见的“嘘嘘”声为你助眠。你睡熟后，我将你放进小床，压低台灯，光线调至最暗，打开一本书。那本书写了什么、写得好与坏并不重要。重要的是我还有兴致阅读，还有可供自己支配的一点时间。

一旦躺下，“夜班”就开始了，而且比“白班”更累人。最大的难题是，在完成喂奶等一系列操作之后，如何在两三小时后的下一轮喂奶之前，快速入睡，保存体力。

因为要不断醒来，睡眠通常很浅，梦境却骇人。

木屑和樟脑球味。漆黑一片。手脚被绳索之类的东西紧紧捆住。我被关进了一个木质衣柜，外面有两个男人在说话：“刚抓来的？送去乡下吧？”“不然就先奸后杀，留着干吗？”

钥匙插入衣柜门上的链锁，咔嗒。

惊醒。看一眼时间，再过半小时，刚出生两周的你就会饿醒，用哼唧或哭声再次叫醒我，吸饱奶水再重新睡去。倒头继续睡，恍惚梦见自己只身穿过一条漆黑的走廊，楼上是丈夫殴打妻子发出的怒吼和妻子声嘶力竭的惨叫。

睡眠尽是断断续续的梦。梦也并非毫无用处，可用于鉴别那一夜是否睡着。如果说有什么经验，那就是所有关于婴儿啼哭的梦，醒来后都是真的；大部分哭醒的梦，现实未见得太糟。

一次大哭着惊醒之后，月嫂抱着不比巴掌大多少的你站在床边。她问我是不是做梦了，我说我梦见把孩子放在一旁的货架上，低头系鞋带，起身后孩子就不见了。她轻轻拍了拍趴在她肩膀上酣睡的你，安慰我道："孩子在这儿呢。"

原来我有孩子了。人需要一段时间才能适应新身份。

丢孩子的桥段像被施了魔咒，一遍遍潜入我的睡梦。有人说，在母亲的潜意识里，孩子是入侵者，毫无道理地侵入她的生活，吸吮她的乳汁、占据她的心智、打乱她的生活常态。因而丢孩子的梦，本质上是潜意识和现实抗争的结果：在某些时刻，母亲在潜意识里希望孩子消失。可是在梦中，每一次我都会发了疯地找你，会因为你突然消失而大哭不止。

新生儿的到来，像一台昼夜运转不停的粉碎机，不断打乱我对秩序的偏执，绞碎原有的计划，生出新的问题，源源不断。

客厅原本用来冲咖啡、招待来客的茶几堆满了抚触油、屁屁霜、棉签、面霜、生理盐水、电动吸鼻器、纸尿裤、隔尿垫、口水巾。卫生间添置了一台小洗衣机专门洗孩子的衣物，为了安装这台洗衣机的下水管道，撤掉了从前放护肤品的储物架。进门处特地布置的水吧台不再摆放咖啡机和红酒，而要为消毒锅、奶粉桶和大大小小的奶瓶腾出空间。卧室的衣柜不够用了，买来一整排便携式的抽屉盛放孩子的衣物。

之前装修这个家，找设计师、看图纸、跑家具城、灰头土脸当监工，一副恨不能紧跟世界家居设计潮流的劲头，结果生育给我上了生动的一课：不要计划，计划赶不上变化，没有希望就不会失望。纸尿裤是打碎设计师美梦的罪魁祸首，它们毫不客气地侵吞一切储物空间，在每个平面、空当、缝隙如气球般膨胀。

有些情况下，不可控的混乱不能说完全是由你造成的，而是我们对于添丁进口给一个家带来的变化估计不足。有些变化是预料不到的。比如你五六个月大的时候，会被地板发出的响声吵醒，哄睡后我们只能尽量静止不动，否则就要陷入第二轮哄睡的泥沼。于是你的爸爸从网上下单了地板消音剂，用针管将乳白胶一样的黏稠液体注入地板缝，擦拭干净后即可。消音剂的确是消音了，可空气里弥漫着修正液的气味。正值冬天，不好开窗睡觉，为了腾出房间放味，我们一家三口住进次卧，奶奶睡沙发。次卧太小，没有空间放下一张婴儿床，只能抽出床垫，铺在地板上。经常半夜睡到一半，你就滚到床底下卡住了，哭着醒来。最初是为了解决地板的声响和哄睡难题，结果全家折腾了快半个月才重新搬回去。

一岁零八个月的一晚，你半夜哭着醒过来，哄睡、安抚、唱歌、喂奶、语言沟通都于事无补，就连平时最爱的安抚奶嘴也被丢到地上。你哭得惊天动地，大约半小时后，全家陷入恐慌。我们打开灯，检查你身上是否有伤或起疹子。看见你的眼眶和鼻头因为长时间号哭已经发红，眼泪还在喷涌。我们问你是不是做了噩梦，没有回应。第二天一大早，你醒来的第一件事便是大哭。孩子不明原因的持续哭泣最考验家长的意志，会让大人为自己的无能感到愤怒。邻居敲门控诉，又在诸多情绪之外平添了歉疚。当天下午，爸爸在安抚奶嘴上发现了被咬穿的豁口，豁口非常小，用手掰开奶嘴才能隐约看到。此案终于告破：新长的牙齿磨穿了安抚奶嘴，你吸不住一个漏风的奶嘴，于是用哭声抗议。幸好我们没有带你去医院，否则会不会安排全套体检，抽血化验，CT 扫描，X 光片，最后发现根源是一只被咬裂的奶嘴？

两岁的一天，从外面遛弯回来，你一只脚突然不能着地。一放在地上，你就会蜷起腿大哭。我们反复检查你的脚踝和脚掌，没有看到淤青、红肿或其他外伤。出于担心，我们直接赶往家附近的社区医院，儿科却说他们不接诊 7 周岁以下的孩子，让我们去其他医院。给家附近的一家三甲综合医院打电话，对方说看不了，当值的儿科医生中没有能看骨科的。没有办法，我们只好又来到了儿研所（每次去这里看病都会经历一次内心的震荡）。

挂急诊，抱着孩子来到诊室，值班的大夫还没听我说完，便说："你去挂门诊吧。"

"可是门诊现在没有号，最早的已经排到下下周了。"

"我们这儿只能拍 X 光片，拍片有辐射，还不一定能看出问题，你认不认？”

见我犹豫，他又加重了语气：“我就问你，你认不认？！”

孩子在怀里哭，无奈我只好退到门外，跑到分诊台，再次说明情况。分诊台的护士说，听医生的，医生说不能看就是不能看。我重新返回了诊室。

“不是说了吗？我这儿只能拍片。”

走廊里孩子的哭声此起彼伏，不时抱着孩子跑进来的家长一脸焦急，我夹在一团混乱里，不知所措：为什么不能看一眼呢？孩子就在那里，伸手简单检查一下关节、筋骨有没有问题，为什么不行呢？骨科难道不包含人工检查？

一时间，我好像被堵在了逻辑的死胡同，一句话也说不出，眼泪不争气地喷涌出来。我站在急诊室门口，哭得比孩子还凶。但随即便冷静下来，红着眼对大夫说：“开单子吧，我认。”

第二天，那只脚还是不能着地，你学会了踮着脚走路。第三天，你几乎好了。第四天，你完全痊愈了，原因依然不明。

后来和朋友聊起这段经历，他笑着给我讲了他的故事：一次带孩子去温泉玩，回家后孩子不肯下地走路，哭得撕心裂肺（后来被一位老中医确诊为滑膜炎）。他抱着不会说话的孩子，从一家医院到另一家医院，都说看不了。原本觉得没那么复杂的事，竟然无解。在儿童医院的急诊室门口，这位一米八的朋友终于情绪崩溃，捂着嘴哭到停不下来。

他说，就觉得眼前的一切都太惨了，那些生病的孩子和家长，还有他和他的孩子，在这座城市，无处可去。

3

有大半年的时间，我需要留在家中，和奶奶一起照料你。那并不是轻松的工作，比起疲惫，更准确的形容是茫然。我不知道以怎样的身份和心情面对你，不知道怎么做才能让你满意。虽然你是我的孩子，我们却好像没有那么熟，我不知道你的脾气秉性，你也暂且没有表露出任何对我、对任何人或物的偏好。给你哼歌，和你互动、讲故事时，我语调欢快，你眼神茫然，多数时候更像是我一个人的独角戏。需要对另一个个体生命全权负责，其背后更本质的困惑是，我要怎么了解你的感受，怎么代替你做出每一个决定。

我需要帮忙，更需要倾诉。我变得暴躁易怒，渴望有第三只眼看见我原地打转的彷徨、多任务压身的手忙脚乱，然后理解我，替我分担。虽然夜里丈夫会帮忙哄睡、喂奶粉，但天一亮他便穿戴整齐准备去上班，站在家门口和我告别。

门关上的刹那，仿佛我们之间关系的隐喻：从我进入产房独自经受疼痛开始，身为男性的他仅能在语言层面去想象我的经历和感受；只能靠道德感和责任感，去体察我的付出和心境。无论两个人多么亲密，我们之间都横亘着无法弥合的裂痕。

我出院那晚，你还在住院，我和他终于有了独处的时间。我急于将病房里发生的一切讲给他听，我的疼痛、恐惧、担心。我越说越激动，语速越来越快，我希望他能抱抱我，说一句“辛苦了，以后会好的”之类宽慰的话；我希望他亲口告诉我，在我生产的那段时间，他的担心和在意。但他只是那样安静地听着，时不时点点头，仿佛我说的只是工作上遇到的困难、和我们的生活不相干的新闻事件。

孩子出生后，他工作了一整天回到家里，眼中的家一切如旧，和早上出门时并没有两样。可如果通过摄像头回放，会发现在家这个固定空间里，我大概处理了上百个突发事件，活动轨迹不停缠绕，如一团乱麻。我和婆婆在诸多基础的问题上没有达成共识：穿纸尿裤还是垫尿布、继续催乳还是断奶、留在家里还是带孩子出门、要不要每次都给奶瓶消毒、为什么不能给婴儿把屎把尿、夏天要光脚还是穿袜子、要不要开空调……每个突发事件，都伴随着解释、平衡、妥协。这不能说是某个人的过错，几乎所有新生儿家庭都会面临类似的失序和失措；他们要解决的问题，远非养育一个刚出生的孩子那样简单，而往往牵涉整个家庭乃至几个家庭的重新规划、多任务下的排列组合、人与人的磨合。

面对下班归来的丈夫，我该如何向他讲述这一天的忙乱，成了考验我语言能力的难题。它们如此琐碎、重复、无聊，当我试图用语言复原当下的处境、心情，事情看起来更加荒谬了。因为它们根本无法被一一讲述，更遑论精准传达。

丈夫还算是个温暖的人，为人并不冷漠。怀孕中晚期，我从小腿到脚发麻、肿胀，他每晚端来热水帮我洗脚、按摩。因为胎儿的压迫，我的胃消化食物的速度变慢，每天吃一顿饭也不会感到饥饿。为了按时摄入食物，保证营养，只能靠走路加快肠胃蠕动。他会陪着我从中午走到晚上，然后再回家做饭、洗碗，研究待产包需要购买的物品。

我们相识于十多年前。他向来都是这样。大学时，他特地从网上买来猫粮，每天去校门口喂流浪猫，有回还被抢食的小猫抓伤，为了打齐三针狂犬疫苗险些耽误了我们的厦门之行。我也受他的影响爱上了猫。他心思细腻，在我身处异国他乡、我们异地的两年中，定期给我邮寄手写的信。那些写满温柔诗句的纸片，让我觉得那段日子没那么难熬——

“我现在所做的，

只是把存在之中人性与诗意的那一部分记录下来，

别的东西，可能残酷得多。

我始终觉得，细细想来，

人有无数的理由去悲观自殁，但是只有很少的理由乐观起来。

很少，但也足够。

……

我蛮喜欢做的事，是把一种体会条分缕析之后，

又重新打包成诗。正如你飞越太平洋的旅程让我想到：

一天清晨，一只翠鸟飞过朝霞，停在我对面的河岸上。”

“想想看，我不知不觉间为你做的那些事，

道一以贯之，想让你可以自由地支配自己想要的味觉，

唱出由衷的旋律，抓住一瞬间的光华，

能够重复动人的指触，而且拥有不带虚饰的嗅味。

总之，能够不经迷失地感受到生活中最真实的元素。”

他的感受力、理解力在我所认识的同龄男性中已经算是不错了。可即便如此，在生育这件事上，他依然难以理解，无力共情。

我察觉到自从有了孩子之后，他脸上会频繁出现一种从前没有过的表情，常见于我说话或发出指令的

时候。他会皱起眉头，眯起眼睛，嘴巴微张，缓缓扬起下巴，我把它解读为“我不知道你在说什么”或“我倒想听听你又要干吗”，于是我只好用更多的语言努力填补意义的空缺，结果却换来同样的表情。有时我刚显露出说话的意图，这个表情就会闪现，它让我一度绝望到极点，因为那代表在他心里，我说的话、表达的意思不再重要，甚至是在自找麻烦。

我回想起我们二十一二岁刚在一起的时候，他会在我说话时牢牢盯着我，用舒展的神态迎接我，他关切我的喜好、情绪、瞬间流露的小心思。在婚礼上，面对礼堂黑压压的脑袋，司仪让新娘讲一段话，我拿起麦克风，说：我想知道，婚姻能让一个人变成更好的人吗？我们能一起变成更好的人吗？我对婚礼并没有任何浪漫的幻想，对婚姻也是。这些问题更像是一则浪漫的童话故事。年轻的时候，人一般只在乎王子和公主有没有生活在一起，不大去追问生活在一起到底意味着什么。

那个表情第一次出现，应该是在我坐月子期间。他有 15 天的陪产假，基本是在月子中心的大床上度过。那时他刚转行，对新的专业热情高涨，隔几天就从家里搬来几本专业书，堆放在月子中心的床上。有回月嫂偷偷问我："宝爸是不是在大学当老师，怎么看这么多书？"大概是产后激素水平变化引起了心态上的失衡，我第一反应竟然不是一笑了之，而是辩解："我也看很多书的，我们家有一整面墙的书架，上面几乎全是我的书。"

现在回看，让我心态失衡的，是他的日常依然向外界开放，他可以出入自由，享受悠闲的假期，陪产假结束后立即恢复工作，什么都没有改变。而我每天被困在同一个地方，面对一个初生的婴儿，工作停滞，没有精力做热爱的事，也没有机会和外界产生有价值的连接。我的社交圈在一夜之间变成了：其他妈妈们、月嫂、通乳师、产后修复医生、婴儿用品团购群、儿科问题交流群、邻里旧物置换群、家政中介……

当丈夫和我分享他新近掌握的财经、产业、社会新闻时，我丝毫不能感到他所感受到的欣喜，心里只有对比之下难以抑止的委屈。在那个时间节点，我唯一关心的是孩子能否顺利存活、有没有得到悉心的照料，而不是缅甸工厂的女工没有得到她们应得的权益、北美帝王蝶因喷洒农药濒临灭绝。

我提议他多抱抱孩子，练习拍嗝、哄睡、洗澡、抚触，以免回家后我一个人应付不了。那时我的伤口还在愈合，身体尚未恢复，整个人依然处在“震惊”的状态，容易过度紧张。有次他下楼做核酸，忘记戴口罩。第二天我提醒他要戴口罩，以免传染孩子。临走前多重复了两遍，他脸上就出现了那个表情：“你现在为什么总是重复说显而易见的事？”我被问住了，不禁开始思考自己的变化从何而来，结论是：我的大脑实在无法处理这么多新涌现出来的细枝末节，于是只能先传达给身边的人，在我忘记之前，在酿成不可逆的后果之前。

离开月子中心前一晚，北京的夏夜大雨倾盆，房间里所有人都睡下了，我独自陷入了精神崩溃的危险边缘。我还不会稳稳地抱住孩子，不能有效安抚每一次大哭；我的队友没有认真学习过任何一种必备技能，他抱孩子的时候姿势僵硬，拍嗝的姿势还不标准，没有换过一次纸尿裤。他几乎不和孩子说话，顶多只站在一边看着，看不出任何情感。他将时间更多地花在解决实际问题上，从不和我交流他的感受。当我需要他聆听、安慰、陪伴，却发现他正忙着在购物网站上搜索30毫升的奶粉勺（大多随奶粉赠送的奶粉勺是50毫升的，而月嫂说配方奶粉必须保证奶粉和水的固定配比）。在难得的闲暇，他不停在购物、买菜、修理、安置，唯独不会停下来面对我和孩子。

时隔一两年，回忆这段时间，他向我吐露了他的失措：身为父亲，很多时候他也很想帮忙，却发现孩子身边早已围了不少人——月嫂、他精干的母亲和焦虑的我，他自己便退缩了。“只要能照常运转，一般来说男人是不会想改变现状的。”他这样概括自己的部分心态。大概对他来说，解决问题，永远比解决情绪容易得多。

当时我身陷其中，没有精力也没有能力跳脱出来看。各种反常行为，无论是我，还是身边的人，都没有丝毫察觉。全家人一心扑在孩子身上，努力适应新的变化。孩子还没满月，我熬夜搜索家附近幼儿园的招生信息；不到百天，我想挑选一些好的绘本（其实还远未达到共读绘本的年纪），向多年未联系的一位绘本作家求助，请他推荐绘本给我；只要有时间，我就在啃教育学、儿童心理学的书，还做了详细的笔记。

我想掌握事态，用多年求学生涯积攒下来的学习能力，靠勤奋刻苦弥补心态上的焦灼。窗外雷电交加，顾虑像一个接一个弹出的任务框，任凭我拼命点消除键，它们依然疯了一样布满我的大脑。

我失眠了。不是一宿两宿的失眠，而是无论何时睡下，我都保持着可怕的清醒。过去我可以一觉睡到天亮，夜晚对我来说只是一次停顿、休整。现如今它变得漫长无涯，像日夜湍急奔流的水，永无止息。我的耳朵随时留意着孩子的动静，一次翻身、一次不均匀的呼吸都足以驱使我奔到床前查看。夜间亮起的夜灯、厕所的冲水声、丈夫的鼾声，都让我警觉。一天夜里，恐慌症突然发作，心跳过速，呼吸急促，无论如何也不能自行平复，只好摇醒丈夫，在他的引导下慢慢复原了呼吸频率。

42 天产后复查，按照医院规定，我在手机上填写产后问卷。我坐在分诊台一题一题勾选，最后评分是 7（总分 21，12 分以上及格），中重度抑郁。我慌忙撤回，重新填写，评分刷新成了 14。做产检的时候，我见过其他产妇将这份问卷的结果截图给医生看，医生将她转诊到某精神科医院，要求开具那家医院的康复证明。我担心自己被转诊，那样就要白费几天工夫去开证明，反复解释和说明。我一刻也不能离开刚出生的孩子，我的心力和体力都不允许我有其他选择。最终，医生并没有多问，甚至连问卷的结果也没有看。临走前，我问大夫，失眠怎么办，她说："把自己累到极点就行了。"

我已经累到极点了。我似乎不需要睡眠，不需要进食，不能源源不断产出乳汁。我无法想象自己出门工作、见人或消遣娱乐。你第一次冲我笑，我毫无感觉。只有尖利的哭声才能唤起我的紧张情绪。正念冥想、呼吸练习，从前奏效的统统没用了。我依然醒着。

直到那晚，在清醒的意念中，我试着一件一件丢掉客厅多出来的物品，先是那辆放在门口的婴儿车，接着是水吧台上的消毒锅、奶瓶架上的奶瓶、茶几上的抚触油、屁屁霜、棉签、面霜、生理盐水、电动吸鼻器、纸尿裤、隔尿垫、口水巾……

直到整个客厅恢复原状，只剩下一面墙的书架，书架上的书排列整齐，还有跟着我搬过三次家的躺椅。

我想象自己坐在那把躺椅上，背靠飘窗，读书、写作、翻译。阳光流淌过指缝，房间里空无一人，阳台的花草清新繁茂，时钟嘀嗒、嘀嗒、嘀嗒。

我睡着了。

4

我不可能忘记这一幕：你满月当天，我拖着因睡眠不足而疲惫不堪的身体，抱着你第一次走出家门，去社区诊所打预防针。走在街上，红绿灯频繁闪烁，汽车鸣着笛，电动车飞驰而过，人来人往，世界一如往常，从未改变。我的心跳加快，眼耳鼻舌身全部被调动起来，手臂和腿脚迅速摆动，余光不放过任何经过的人和车。意念告诉我：要用尽全身力气，抱紧、保护怀中的你——像极了丛林中为了保护幼崽反应过激的母狼，随时会对潜在的威胁发起攻击。

终于，我精疲力竭地坐在诊所的长椅上，怀里的小不点在嘈杂中睡熟，身边随处是哭喊的孩子、神色紧张的家长。他们不时过来询问关于孩子的信息，陌生的词汇如惊涛骇浪席卷了我。如同置身别国却尚未习得当地语言的外来者，我既没有能力理解，也无法快速反应。震惊和失语之中，我不得不启用手机里的语音备忘录，录下医生的叮嘱。

身为一个长期和语言文字打交道的人，我感到前所未有的孤立无援。我沮丧地发觉，生育瓦解了我过去的语言系统，在我周围高高垒起了语义的屏障：粟粒疹、母乳性黄疸、胎脂、肠绞痛、“落地醒”、“黄昏闹”、排气操、卡介苗、百白破……我腾出一只手接起婆婆打来的电话，先是问我们几点能回去，之后她说了一些零散的话，类似于：外面下雨、做饭、打针、小心……电话这头，我努力将这些语音转译为能理解的语义，却发现我完全听不懂语词背后的意思，分不清那是询问、关心，还是提示，因此也无法给出任何恰当的反应。

言外之意，成了我理解的绝对盲区。产后两个月的一天晚饭，丈夫用半开玩笑的口吻说，哪天饭后可以直接带孩子去京郊的山里住一晚（前因后果记不清了，或者是当时根本没在听）。我感到泰山压顶般的惊慌，想出言阻止，却发现他们都在笑。火星，我听见丈夫说，以后孩子可是要移民去火星的。我靠仅存的一点理智意识到，他原来是在开玩笑。他说的这番话，不是提议，而是一种幽默的夸张手法，以展示他对某件事的看法，这一直是他说话的风格。倘若在从前，我会搭腔，兴许会和他们一样笑出声。但那天，我只感到惊惶难安，满心都是对未来不确定的极度焦虑。

身为记者和策划人，提问和交流曾经是我最擅长的技能；作为写作者和翻译，语言和词句是我通行于世的钥匙。那一天，我同时丢掉了它们。

从社区医院回来当晚，我试图向丈夫讲述这趟外出的经历、我在一片陌生领地的孤独和无助。他茫然看向我，眉头紧蹙，好像在听一门外语。

也许是我要求的太多了。我多希望他像法国人类学家皮埃尔·克拉斯特一样，潜入巴拉圭的密林，直面神秘的瓜亚基人，不放过任何一处细节——他们的声音、词汇、手势、行为，一切潜藏在他们表露的文化符号背后的所指，开掘他们更深层的信仰，理解他们内心渴望的秩序和价值。

以及，重新理解我的价值，比子宫和母乳更广阔、更深邃的价值，作为人而不只是作为妻子和母亲的价值。

5

这孩子能不能养活?

第一次见我，这就成了我父母之间心照不宣的秘密。千辛万苦得来的孩子，居然和啤酒瓶一般大，哭起来像只小猫崽。我爹跟在护士屁股后面，不断说，别给我们抱错了。护士听后撇撇嘴：你家孩子这么小，还是个女孩，谁要啊。

抱回家，打开包被，姥姥惊呼：这小东西，怎么这么丑啊。母亲犹记得，她的第一个孩子出世时敦实得很，姥姥抱过去，说：这孩子，怎么养都养得活。怎么养都养得活的那个，死掉了。不知道怎么才能养活的我，活到了今天。世间的事，有谁能说得准呢?

讲起当年事，母亲仍会混淆哪些发生在我身上，哪些发生在哥哥身上。哼唱的儿歌、学会说的第一个字、喜欢穿的衣服、爱玩的玩具……父母口中的往事多半没有主语，曾让我误以为说的是自己。经年累月，他们的记忆也抹去了主语，反正都是自己的“心头肉”，这个和那个又有什么分别。

未曾谋面的哥哥就像一道影子，和我生命初期的轨迹重叠，许多他的故事无意中变成了我的，我则始终处在和他的比较当中。“我”是由什么构成的？为什么“我”会存在？“我”有没有可能是假的空的？如果因缘凑巧“我”没有存在，又会是怎样的结局？从七八岁起，这些问题困扰着我，直至今日。

人始终希望通过自己的努力，纠正过去的错误，规避可能的风险。等到养我时，母亲小心翼翼，如履薄冰。四个月左右，她察觉出我体温有点高。年关刚过，东北还是零下二三十度的气温，爸妈用棉被把我裹严实，抱起来就奔去医院。原本只因炕烧得热，后来却在路上受凉，发起高烧。他们又抱着我四处求医问药，直到在一个叫“张瘸子”的中医家中花了几十块（每月工资不到一百，这个价格实属非常昂贵了），开了几服中药，才稳住病症。

有记忆以来，每回我生病，全家都严阵以待。我爸开药的架势甚是吓人，塑料袋塞满药提回家，每天敦促我按时吃药，见我不好，便叫我同时吃好几种感冒药。后来得知这样会伤肝，我已经长大成人。但凡我生病，哪怕只是头疼脑热，他都会脾气急躁，埋怨不已。他的神色会瞬间垮下去，好像精神突然被挖空。

母亲还算强大，但也会忍不住为我流眼泪。

有一年父亲出差，母亲带我去姥姥家。姥姥特地去北秀公园附近的肉铺买了块猪头肉。我吃了很多，远超一个七岁小孩的胃能容纳的极限。

上一秒我还在地毯上爬，和大人扮鬼脸，讨她们欢心。下一秒，我失去了知觉，只记得母亲在喊："快先抬到床上去！"

要命的呕吐，白炽灯摇晃着，眼前一片花白。我哭，拿出最后的力气大喊：我要回家！现在就回！

病好再回，不哭了，明天就好了，不难受了。母亲劝我，握紧我的手。空气里安静了几秒。劝我的声音发生了形变、扭曲，我看见母亲在哭："早知道就不来了，孩子遭了多大罪。"

我顿时冷静下来，脑筋清明。母亲一哭，孩子的天便倾斜了。

我病好了，妈你别哭了，我好了，已经好了。

父亲回家后，我和母亲默契地闭口不谈。

90 年代，单位里听说谁怀孕，就从家里带纯棉的线衣线裤送去。母亲收到了同事们送的整包线衣线裤，回家后用剪刀裁剪成片，用作我的尿介子（尿布）。再凭布票从百货商店买几尺红布，裁成小片。那时候几乎家家有了孩子都用红色的尿介子，图个吉利。暖气片、晾衣绳、窗台上，院子里一眼望去，就知道谁家添丁进口。

没有纸尿裤，屎尿全靠手洗。一切节约从简的年代，沾上婴儿屎的尿介子也不舍得扔掉，用铁片做成半圆形的刮板，放在水泥地上，一头脚踩，一头用手抻直，刮掉污物，再用水冲洗干净。洗尿介子是大工程，通常一天下来就要洗上几十次，手上皮肤开裂、腱鞘炎发作是常事。

那时没有婴幼儿用品专卖店，要从百货商店卖餐具的柜台买奶瓶。只有一种玻璃奶瓶，不讲品牌，奶嘴孔用剪刀剪出不同的大小，适配不同的月龄。

没有头部呈圆弧状的小剪刀，也没有婴幼儿特制的小型指甲刀，我小时候怎么剪指甲呢？我努力调动记忆，却无论如何也想不起一幕大人替我修剪指甲的场景。他们日复一日照顾我，无微不至，却鲜少在我的记忆中留下明晰的印记。

“哦，我们用那种铁的大剪刀，做衣服、剖鱼也用同一把。”母亲一说，我想起来了，那是一款刀头和刀脚一体的铁制剪刀，通体银白，印象里90年代每家每户都有。大人用它裁剪布料、缝补衣服、制作春联、剖鱼刮鳞；小孩子用它做手工、包书皮、交美术课作业。直到90年代末我读小学时，市面上才买得到塑料刀柄的剪刀或者便携式的折叠剪刀。指甲剪的记忆更为晚近，有记忆以来我的指甲都是无意间被我自己咬掉的。

八岁，课外英文班下课之后，父亲带我走向老师。上课时，我余光瞄到他正透过教室门上的小窗瞧我。那是1998年，在我生活的东北小城，学英文的热情旋风般横扫整个学校。我学习热情空前高涨，央求母亲替我找课外的英语班，喜欢在四线格本子上抄写英文单词，对抑扬顿挫的发音着迷。我将教材和英文本放进书包，挤上摇摇晃晃的公交车，在拥挤的人群中默背单词拼写。

车站前的音像店循环播放着任贤齐的《对面的女孩看过来》。我对男女之情一无所知，以为“对面的女孩”应该是和我一样年纪的小孩。那一年，肯德基已经在这座城市存在两年，我还没吃到过，但经常会抱着试试看的心态，大步流星走进那家飘着炸鸡和汉堡香气的餐厅，为的就是免费领取门口发放的玩具，有时是一块磁铁拼图，有时是那只叫奇奇的鸡。一家叫“山姆大叔”的西餐店在肯德基斜对面盛大开业，每个周末都人满为患。父母并不欣赏汉堡的风味，但仍然会带我去品尝。几乎每个餐桌都是三口之家，孩子大快朵颐，被西式的新奇味道俘获，大人则坐在一旁感慨价位之高。

我万分期待每周末的英语课，不仅是因为上课会路过山姆大叔和肯德基，还因为下了课父亲会带我到秋林公司的超市，买洋气的好丽友派、炸薯条和番茄酱。我仿佛走在由面包屑铺成的小路上，那条路将引领我和整个世界发生连接。那时的我并不惧怕俯冲下来的鸟可能随时会吃掉面包屑，摧毁那条小路。

“董老师，这是我家孩子。”父亲对英语老师说。我有些期待地抬起头，以为他以我为傲，因为我的单词拼写拿了满分。“她上课总嗑手指甲，多不卫生，我们说了多少遍也没用，你多管管她。”我听见父亲说。身边的同学笑了没有我不知道，我只感到无地自容，汗水浸湿了后背。童年阶段，诸如此类的“扫兴”

不止一次上演，譬如在幼儿园的家长开放日，我卖力做着广播体操，希望得到母亲的夸赞，她却抱着我的羽绒服在走廊里边跑边喊我的名字，叫我把衣服穿好。比起表现如何，他们更关心我会不会生病，能不能好好活下去。

偏偏我是那种相当难带的小孩，一岁前常常不明原因大哭。哭声多发生在半夜，警报一旦拉响，全家顷刻出动。二娘二大、奶奶、堂哥堂姐，冲奶的冲奶，换尿布的换尿布，取下挂历逗我的，唱歌的，跳舞的。我闭着眼哭，用尽全身力气，一小时，两小时。

抱着我的母亲浑身被汗浸透，她不知道我怎么了，更不知道怎么缓解我急切的哭声。全家人各显神通安抚我的时候，母亲看向墙上那幅中国地图。她的目光从东北平原缓缓下移，来到五角星标出的北京，那是她去过的最远的地方。从那里一路向南，母亲的视线扫过江南，转向西南山区，攀上青藏高原，她二十岁时唱过那里的歌，期待有朝一日去看看。

她的人生在那张地图上渺远无际，我的哭声不再让她大汗淋漓。如果不做母亲，自己会是谁，在做什么。她从不去想这样虚无的问题，也不会假设我和哥哥从未存在过。

她知道我们必存在。这是她的信念。

第五章　成 长

1

对于去饭店喜欢点同一个套餐、永远走同一条路上下班、去同一家便利店买同款饮料的保守界人士，我逐渐接受了这个现实：有了孩子之后，唯一不变的就是变化。接受归接受，我的强迫症却愈发严重了。

整理癖对于育儿家庭来说胜似顽症，越努力越心酸。我一次次弯腰捡起散落在地上的玩具，叠好洗净的衣服，眼看人类幼崽不费吹灰之力就将自己的劳动成果毁于一旦。我像陀螺一样高速旋转，只为了将家里的物品都放回本该属于它们的地方。仅仅几分钟之后，又回到老样子。

很多不经意的瞬间，我和西西弗共情了："攀登山顶的拼搏本身足以充实一颗人心。应当想象西西弗是幸福的。"每默念一遍，心酸的感受就削弱几分，自我怜惜也会少一点。自尊对于幼儿的母亲非但毫无用处，还会徒增她崩溃的时刻。

襁褓中是你一生中最乖巧的阶段，日后的挑战才更棘手。只消不到一年，你便对纸尿裤产生浓厚兴致，会兴冲冲拆掉外包装，雪片一样将它们撒在书架上、垃圾桶里、厨房的灶台上。

阳台的飘窗、飘窗上的绿植也没能逃过一劫。飘窗下方的墙皮最初只掀开了一道针鼻儿粗细的裂缝，也在一只小手的不懈努力下被生生撬掉，露出一片凹凸不平的灰色。雪白的墙面也面临着巨大的危险，我们在走廊一侧贴上了两大块白板，又给你买来彩笔，供你认识颜色、自由发挥。不料贴白板的时候手一抖，两块之间留出了手指肚宽窄的缝。万万想不到，这道缝成了你最中意的画板。每次经过那里，你都伸出一根手指，指向那道被涂得乌漆麻黑的白墙，露出骄傲的笑容。

我想不到的事还有很多：过了一岁，要防止你在洗手时随手抓起一旁的洗手液、牙膏或漱口水再吞到肚子里。我们尽可能将它们放到很难够到的地方，有时藏得太隐蔽，我们自己用的时候也很难找到。

再过段时间，你心智发育得更加成熟，不再满足于生吞牙膏、吸食洗手液，书桌上放化妆品的旋转架成了你绝好的玩具。你逮到机会就不停转它，直到将上面的面霜、防晒霜、口红全部甩出去，才嘎嘎笑着，满意地离开。有时你会挑选一些形状或颜色合心意的瓶瓶罐罐，放在地上滚，膝盖撞在地板上啪啪直响。我好奇以这么快的频率爬行是怎样一种体验，就俯下身和你一起爬，爬了两下膝盖疼得钻心，只好作罢。可能就像赶海的人习惯了光脚踩在布满砂石的滩涂上，东北人喜欢在零下二三十度的室外吃冰棍，婴幼儿的膝盖也具有某种特殊的适应功能？

心情好的时候，你还会抄起那些瓶瓶罐罐，从书桌丢到地上，伴随“砰”的一声，你脸上的表情和我刮彩票中了奖极为相似。我很少能从成年人的脸上看到那样兴奋、自得、灿烂的表情，五官在一秒钟的工夫舒展开，然后迅速回归原状，整个人像一根节日里的小呲花，瞬间点亮。

上下两排牙齿长出来后，你发觉自己可以靠牙齿打开之前打不开的容器，于是兴冲冲向我的护手霜、润肤霜、塑料盒装的棉签发起进攻，连我的保温杯也不放过。有天你从床头柜下面掏出了一个专门装化妆品小样的盒子，如获至宝，一瓶接一瓶啃了起来，将盖子全部掀开。每当看到这一幕，我都会产生一种似曾相识的感觉。后来想起来，小时候照看我的爷爷就是这么喝白酒的，脸上也会浮现出一种介于满意和虚无之间的神情。

你算是晚熟的小孩，至少在运动能力这一块和我算是旗鼓相当，同龄孩子开始奔跑时你还在地上爬；同龄孩子厌倦了走路，你才刚开始享受走路的自由。大人会对小孩有很多错误的预判，比如会坐了就能自己玩了，或是会走了就不用家长弯腰跟在后面了，总之是一些可笑的自我安慰。学会走路之后，整个家变成了你的乐园，没有什么能逃过你的小手。给你买了半个屋子的玩具，可你偏偏独爱纸抽、湿巾、卷纸、滚毛器，玩法多样，可啃可拽，还能搬起来砸自己的脚。一次我刚拆封了一个卷纸，你不知道从哪里冲过来狠狠啃了一口，结果那半个月擦屁股都要格外提防那些缺口。

你的脚步从跌跌撞撞到站稳跑快，花了大半年时间。带你出门的运动量，也逐渐从弓背猫腰、锻炼腰腹力量，到撒腿快跑、加强腿部肌肉。为了能跟上你的脚步，第一时间逮到你，我不得不报名参加普拉提课，每周去练习核心力量。我们用“抱牛犊”的故事勉励着自己：古人为练力气，晨夕两次抱起家中牛犊，五冬六夏从不间断；牛犊个头渐长，此人臂力也逐日惊人；三载过后，便可将重达数百斤的成牛轻松抱起。

两岁之后，你的自我意识发展得迅猛。两岁生日一过，你便不肯再让任何人抓住你。从前想抱住你，只要将两只手的虎口卡在你腋下，轻轻一提。你随后“进化”出了一项新本领——紧紧夹住双臂，来回扭动上身，不给大人的手任何机会。令人匪夷所思的是，我们再也没法在未经你同意时将你抱起来，因为我们双手擎着你刚离开地面，你两侧的肩胛骨会突然向内收，便如同一条鲇鱼一样从两只手中间滑走了。

这个城市毕竟不是为闲庭信步的孩童打造的。只要走出家门，随时都会有横冲直撞的电动车、挤占人行道的汽车、见缝插针的共享单车、步履匆匆的行人，我越是想抱起你，你就越是暴躁。大脑被暴躁和愤怒侵占的你，仿佛一头不肯被驯服的小兽，拼命蹬腿，仰头大哭，全不在意自己正躺在最不该躺的地方——商场厕所的门口、高铁站的闸机口、上下电梯的通道。为了防止你激动中磕到后脑勺，我只好蹲下来，一只手护住你的头，另一只手托住你的脖子。解释、安慰、劝诫、警告，一切依托人类语言建立起来的规则通通失效了。路过的人纷纷侧目，我汗流浃背，你大放悲声。在不明真相的人眼中，三十多岁的我和一个小孩当街扭打了起来，他打掉了我的眼镜，把鞋印留在我的牛仔裤上。我该有多无能啊！这样的体型差别、年龄阅历，竟然按不住一个人类幼崽！从前目睹这样的画面，我内心直犯嘀咕：又是没有教养的小孩、不懂教育的父母。如今轮到我了，百口莫辩。

能让你顷刻火冒三丈的事多如牛毛。夏天，你不想穿衣服，却偏偏想出门。一次，几番拉扯之后，我们终于妥协，将一丝不挂的你抱到走廊，在电梯门打开之前迅速穿好衣服。下雨天，你不肯打伞，淋湿后却因为湿衣服溻在身上，气得直哭。你踩地上的水坑，弄湿鞋子后，不肯再穿，却非要下地走路，双脚碰到地面又感到扎脚，蜷起双腿，固执地悬停在半空。抱起来不行，放下去也不行，穿上鞋不行，脱掉鞋也不行。我们全家被困在了逻辑链条的断裂处，怎么都逃不出你脑子里的奇异世界。越是这些时刻，强行而为反而更不可行，你会大哭不止，声嘶力竭，眼睛充血。

老人说这是在“看人下菜碟”，但据我们观察，你是愤怒大于算计，我们更愿意相信你的本心是好的，只是确信的秩序被打乱后用哭声反抗而已。

不亲自养育一个孩子，如何想得到这些呢？从前的我，对路上吵吵闹闹、不讲道理的小孩，不也心生厌烦、避之不及吗？但自从有了你，我就知道了，这个年纪的小孩就是没办法安安静静坐在座位上；他们哭泣多半是因为身体或心理上的不适，大喊大叫则是为了表达情绪、吸引注意；他们歪歪斜斜踉踉跄跄走路、无论何时何地都上蹿下跳，就是因为他们的身体代谢比成人快，神经尚在发育，还在积极探索周围的世界。至于世界会不会包容他们的习性，就是另外的话题了。

该怎么和你解释：拍家里人的手可以，出去随便拍别人的手不行；电梯只能按要去的楼层，不可以每层楼都按；走路必须看路，光是低头跑是不行的；不是所有的微笑都能被报以微笑；不是所有的顽皮都能得到谅解。冷漠、白眼甚至呵斥都是太正常的事。带你出门，不仅需要眼疾手快，还要随时做好道歉的准备。如果在原野上，奔跑、翻滚、躺倒、大喊大叫，怎么都可以，但城市的森林容不下行走和站定以外的姿势，容不下短暂的脱轨。

除了社会规则，还有社会时钟——更大的挑战伺机而动。两岁体检，见你还不会讲话，社区医院的医生紧张起来。她开了一张转诊单，要求我们速速带你去区妇幼保健院筛查。我们不敢耽误，当天就挂了号，带你赶过去。诊室里，医生叫你的名字，你却在专心致志玩地上的小汽车。你趴在地上，将小车推上斜坡，正盯着轮子看，医生示意我抱起你，让你在桌上将几块积木搭高、指认圆圈的大小。你不肯配合，一心只想玩小车，后面的考题没做成不说，你还在诊室里崩溃大哭。

“适应性差，眼神交流欠佳，不能执行简单指令，不能简单对答。”医生在病历上敲下这行字。“这种小孩我们见多了，赶紧去干预吧，争取让他上小学。”她在我面前摆出一张柱状图表，其中每项认知发育的评分都落后于同龄儿童。我想和她讲述你成长中的每一点进步、你的个性和喜好，还有那些你已经掌握的东西（正确指认二十多种车辆，认识五种左右的颜色，能区分简单的形状，能理解方位词、人称代词、生活中接触到的大部分动词和名词）。无奈下一家已经等在门口，只好作罢。直到今天，想起那句盖棺论定的话，还有医生说话时笃定的表情，我仍感到害怕。他们如此轻易地将你定性成一个怎样的人，需要矫正、干预、医学的介入，而讳疾忌医只会让我们显得愚蠢。

又是一张转诊单，又是儿研所。我抢到了两周后的号源，抱着你赶过去。医生建议先给你做听力筛查，再做脑核磁。听力筛查刚出生时已做过。脑核磁需要给你吃睡眠药，我拒绝了。医生说，你最大的问题不是没有发展出语言和社交，而是认知和理解问题。她说，你之所以语言和认知没有发育到同龄小孩的水平，是因为我们满足你满足得太快，给予的关注太多。“可以先干预起来。”问诊结束。抱着你在人群的缝隙中穿行，我心里想：如果只是迟缓，我们是不是还有机会？过往两年的养育，整个家庭包括我自己，都在现有条件下付出不少，你没能如期发展出语言，竟然是带养造成的吗？

接下来的几个月，我们带你去上干预课，听老师讲感觉统合治疗、训练目标和游戏原则，从零开始。我们自认为是学习能力较强、主动配合的那种家长，但也有不少情况我们确实搞不清楚该怎么做、做到什么程度才好。他们说要多和同龄孩子玩，我们就带着你在家附近寻摸差不多年纪的小孩。我俩都属于偏内向的人，大城市也不比老家，见人就能轻松聊起来，我们几乎是硬着头皮去和其他小孩、家长聊天的，生硬得连自己都尴尬。说要帮你建立规则意识：游乐园的小火车说坐一圈，只能坐一圈，哪怕你撒泼打滚、反复恳求都不可以妥协。

我三十多岁了，若非必要很少会主动和人社交，不喜欢人与人之间虚与委蛇、彼此倾轧，更爱一个人待着。除了工作和热爱的事，我在食物和娱乐面前缺乏自律，毫无抵抗力。我爱奶茶、甜品和所有能让我短暂快乐的东西。可我却被要求教会我的孩子社交、自律、讲原则。成长果真是压抑自我的过程吗？

这一切都使我焦虑。我担心你没办法像同龄孩子一样读书上学，担心你在学校受人欺负，更怕一时疏漏耽误你的人生。我一连几周无法安睡，四处求医问药，找来大量资料学习。为什么会这样？是从什么时候开始的？我做错了什么？以后会怎样？走到这一步，已经不太会去回溯事情的前因后果，只一门心思寻找解决方案。我那时刚找到一份新工作，第一个念头就是放弃工作，全职在家陪你。工作总会有的，但你习得语言、建立认知的黄金期就在这两年，我想。

“不行，你必须上班。”母亲听说后态度相当坚决，“女人不能没有自己的事业，不能没有收入来源。而且我了解你，你会不甘心的。有一份工作对你过上规律的生活，包括对养育孩子都更好。”我最终接受了那份工作——我应当克服面对你时涌现的内疚感，认为自己必须做到如何如何的强烈责任意识，还有不惜一切陪在你身边、不得拥有自己生活的自我规训——这些不仅捆缚住了我，也一定影响到了你。

正如整个世界都在要求你：要社交，要外向，要用语言表达自己，要合群，到了什么年龄就该做什么事。

人人都期盼自己的孩子开花，可是，你会不会是一棵树呢？

2

新生儿的脚丫不是为行走设计的——脚趾细细软软，脚底扁平没有足弓，每根脚趾都可以向不同的方向伸展。揉搓新生儿的脚掌心，脚趾会缓慢地展开，和一只软软糯糯的小猫爪无异。将你抱在怀里，你的脚丫依照接触到的物体形状，自然地蜷曲起来，将那个物体包裹住，和其他灵长类攀爬时四肢抱住树干的动作近似。

婴儿的脚不臭，和身体其他部位没有太多分别。给婴儿洗澡不需要单独使用一块毛巾擦脚。他从头到脚是一体的，干净素爽，没有哪里比哪里更尊贵。触摸这样的身体，会真切感受到自身的粗粝，包括在尘世沾染的不良习气。只有放下这些，才敢和你肌肤相亲。最初给新生儿穿上衣服，心情多半是复杂的，似乎正是这个举动将你粗暴地划分为人类，破坏了你的天然形态，以及赤条条来去无牵挂的象征意义。

因为不必踩在地上或穿上鞋袜，不会发汗，婴儿的脚给人的感觉比手洁净。相信很多妈妈都做过类似的事：偷偷将那对小脚丫含在嘴里，疯狂亲吻它们，仿佛突然患上了恋足癖，难以自拔。新生儿手和脚的指缝、腋窝，一切褶皱都容易粘上白色的毛毛，似一层薄薄的柳絮。或许是因为他们太新太嫩，皮肤湿湿滑滑，很容易招来衣物、床单和空气里的灰尘。每次洗澡过后，澡盆的水面总漂浮着一些毛毛，让人不禁怀疑婴儿的前世会不会是猫咪。

一开始，你很少注意到自己手和脚的存在。若是一个人待着，你的胳膊和腿会无意识地摆动，手和脚伴随每次摆动或伸展或蜷缩，没什么规律可言；也会被自己突然张开的手吓到，尤其在睡梦中。婴儿无法自主入睡，需要由大人抱着缓缓摇晃、蹲起、哼歌哄睡。将一个已经睡着的婴儿放在床上是一大挑战，要诀是第一时间固定住双手，让其不被尚未驯服的四肢困扰、懊恼。降生之初，婴儿不再被子宫包裹，初尝自由的滋味，因而时常受到惊吓。为了抵御自由的侵扰、防止惊跳，要将他们用包被裹住，或放在睡袋里。

襁褓里安睡的你看上去并不属于这个嘈杂喧嚣的尘世，神情平和安宁，不时露出微笑，仿若美梦降临（其实是中枢神经尚未发育成熟引起的不自主的动作）。这时如果将你的小拳头靠近你嘴边，你会不自觉地吸吮起来，眉头舒展。你就这样理所当然地存在着，和某种超越时间的东西相连。

六个月的你会扳起脚丫，饶有兴致地观察它；脚趾每动一下，你的神情都会有细微变化，好像在看一件不属于自己的东西，带着失而复得的感情。两个月后，你才能凭借一己之力成功将大脚趾塞进嘴里，像吃奶那样吸吮，心无旁骛。不过你也有脾气，别人替你塞脚趾是万万不行的，脚趾非要自己动手吃到嘴里才顺理成章。

我的一位艺术家朋友想要复刻儿子刚学会走路的状态。他观察了好一段时间，终于甩开胳膊尝试——每一步都毫无关联，难以预测，跌倒，再撅着屁股爬起，撞上墙壁后垫上几步，跌跌撞撞，像被施了魔法一样永不放弃。起初只是模仿，后来这位艺术家朋友竟从孩童的步态中感受到某种接近自由的东西——前进从来不是他们走路的目的，功能性的行走不在他们考量的范畴；他们走路似乎只是为了体验身体活动本身，让眼前的世界从半个身体的高度拓展成更开阔的图景。就像他们爱极了踮起脚尖，伸手去够超出自己能力的东西，因为距离从来不是问题，关键在于向成人的傲慢发起挑战。

一天下班后，我在家楼下见到一个刚学会走路的小孩。她固执地想爬上道牙子（道沿），但那高度显然超出了她的能力。在父母的注视下，她蹲了下来（不比道牙子高多少），两只手扶住道牙子，猛抬起一条腿，将脚搭在台阶边缘，身体的每个部分都在用力。这一系列动作太出乎意料，像第一次爬上陆地、用双鳍走路的小鱼。等我绕到她前方，才看见她憋红的脸、努起的小嘴。她差不多和你一样大，但显然发育得更快，已经拥有了一双合脚的小鞋，并且还在努力驯服四肢爬上台阶。你在 15 个月前只能扶站，顶多靠大人拎着胳肢窝向前走；而她已经可以用身体践行自己的想法了。我停下来，饶有兴致地观望了一会儿，想看她究竟能不能做到。一旁的父母警惕地瞟了我一眼，露出生人勿近的神情，吓得我连忙离开了，走出好远还忍不住一直回头看。

婴儿开始学步的时间各异，这我本就知道。同龄的孩子已经四处奔跑，你还只能坐在婴儿车里或扶着车杆在那里看，呈现出一种不争不抢的“气度”。出门遛娃，其他家长聊起自家孩子会走路的月份，我站在那里总有些不好意思。作为一个爱自省的人，我很快又为自己的不好意思而不好意思：早或晚而已，有什么好比的呢？难不成若干年后，我终将成为那个和人攀比孩子学习成绩的家长——曾经我惧怕成为的人？

在老一辈的认知里，到一定年岁不说话、不走路是天大的事，你的太奶奶为此着急到睡不着。有天她终于按捺不住，给我打电话，叫我用手掌在孩子两只脚中间砍一砍，“没事就砍两下”，她说得极为庄重。我问这是要做什么，她说：“前世他两只脚被小鬼锁了锁链，这辈子一直迈不开步子，砍断锁链就好了。”和朋友说起这件事，大家都笑了，老人解读事物的思路总是如此清奇。但他们不知道，我真的偷偷砍了好几次。

15 个月，你终于学会了走路。你第一次双腿屈膝下蹲，又稳稳站起来，兴奋得直叫，转头奔向我，跌入我怀里。最开始走路的时候，我蹲在两步远的地方，张开双臂迎接你。你只要迈一步就好，第二步交由惯性完成，身体的惯性会将你直接抛入我怀里。我挺享受这个过程：你眼睛瞪圆，铆足力气站稳，挥舞着两只小手平衡身体，馒头一样的小脚丫被地面压平。你直视我的双眼，咧开嘴大笑，毫不犹豫地扑向我。我被你撞倒，一个趔趄坐在地上，我们笑作一团，像完成了一件了不起的事。

只是一步而已。你在笑什么？我笑什么？我们在共同庆贺什么呢？理性地考量爱是浪费生命的，但我总想从中找回点什么。自记事以来，以这样丰沛的热情迎接某个人的记忆屈指可数，无论朋友、恋人、伴侣、父母。成人世界的关系更像一场考验善良的博弈，每个人的存在似乎都在暗中被标了价——以某种方式对待别人时也在期待着被同等对待，付出一点辛苦同时渴望这份辛苦被看见、被赞颂。我们太期待回馈。在不便言明的欲求中，我们交换着彼此的一部分，再从他人的那部分中获得满足。可当我们为那一小步笑作一团，我发觉自己不再衡量得失、追问目标，不再质询存在、给快乐标价。我们径自欣喜，这欣喜与其他任何人无关。

你只是出于身体本能，在神经发育到一定程度后站起来探索世界而已。换句话说，你是为自己做这件事的，并没有承担额外的责任，可我却不由自主想要夸赞你。大概只有在这个年龄段，夸赞才来得毫不费力。在初为父母的人眼里，自己孩子的屎沾在手上、床单上皆可忍受，口水流到前襟的没牙仔也可爱之极。我屡次三番想提醒你珍惜：在可预见的人生中，被这样无条件地欣赏、认可会越来越难；有时候拼尽全力也很难让人满意。但你显然不是为了让谁满意才铆足力气爬行、站立和行走的，挥舞双手奔跑的时候也从不看他人眼色。或许正因为对赢得他人的赞许毫无兴趣，对外部加在你身上的期许一无所知，你才有可能踏着这样轻快随意的步子，在众目睽睽之下恣意欢笑吧。

不由自主地，我还是想要夸赞你，却一直找不到合适的词汇。聪明、厉害、勇敢、努力……都不够贴切。最后我只好一遍遍对你说："你真好。""你为什么这么好啊？"你的存在本身就是好的。真正的爱和赞许无须条件，一个被爱着的人不必花费额外的力气去证明自己值得。

你起身再次尝试，我的热情又一次被点燃，我的存在此刻很容易确证——稳稳接住你，和你分享那份简明的快乐；我会鼓励你再次尝试，直到你学会行走，从我的怀抱离开。

几乎可以预见：终有一天，我不会再为你微小的进步发自内心地雀跃，你也不会再这样无所顾忌地迎向我。不过这些都没关系。常常遗憾，小时候的自己曾如此被善待而不自知、不记得。而当我坦诚地对待你，好好记住这些瞬间，遗憾会不会填平？爱是不是也就流动起来了？

我将上述文字读给我的丈夫、你的爸爸，他说："你写的这些我都能理解。但是其他人，没有孩子的人，他们能听懂你在说什么吗？会不会最后变成自我感动？"于是我一再回想没有孩子的自己，想调用那时的眼光再看一遍。结果却是徒劳。

孩子是时间的刻度，通过创造全新的生命体验，永久地改写了母亲的想法、观念、看待自我和世界的方式。尚未经历，理解是困难的、奢侈的；经历了，就再也回不到从前。

3

十一假期，我们将一岁零三个月的你放在哈尔滨中央大街尽头。你还不及街上的垃圾桶高，刚刚学会走路。我刚准备开口：看，脚下的方石块像不像俄式小面包？这些建筑百年前就有了！这是巴洛克建筑风格，那是文艺复兴和折中主义……可这个小朋友头也不抬，扯着我的手，气急败坏开始了探索。人群、纪念品店、音响、美食一概不能干扰你。你迈开步子，在每个马葫芦盖（窨井盖）停留，道牙子、背街的减速带、树坑里堆放的鹅卵石、坡路、台阶、沟沟坎坎都让你兴奋到发抖。人潮向哪里涌动、目的地在哪里，你全不关心，只一心低着头走，大多数时间都在原地打转。而只要偏离了预先规划的路线，你便用尽全身力气拽紧我的手，屁股下沉，将身体弯成一个问号。

因为你坚决不肯合作，等走到松花江边，太阳已西沉，天空变成湛蓝色，江水乌黑，江风冷冽，比白昼寒凉。抱起你合影留念，你的小腿在空中乱踢，想将你放进婴儿车，你大喊大叫以示抗议——你还想走路，一刻不停地用踉跄的步子丈量陌生的土地。你的脑子里没有故乡的概念，身体和感官即是你理解万物的尺度。你的童年已然开启，而身处其中的人无法预先知晓那份可贵——生活全由色彩、光影、声音构成，愿望单纯，爱恨直白，不知妥协。

你对抗的姿态几乎就是“对抗”这个词语的具象含义：闭起双眼，关闭耳朵，昂起头，用尽全身力气，不顾一切地捍卫内心的绝对秩序，决不容他人置喙、左右。相信如果没有外力阻挠，任你独自行动，你定会一头扎进秋夜的江水，同水草和江鱼共舞，或是直冲到熙攘的车流中，在行人的脚步和疾驰的车轮中间翻滚。

比起大人的搂抱、婴儿车，你偏爱双腿摆动的节律。走路这个动作点燃了你小小身体里的能量。你走路时神色严肃，很少四处张望，专注于每一步的步态和速度。脚步加快时头先向前探，身体紧随其后；突然停下脚步则需依靠头部的晃动重新找回身体平衡，像喝醉了酒在花丛中和蝴蝶嬉闹的济公，摇摇晃晃，乐在其中。

婴儿车这样便捷的设计，高景观、抗震、可躺可坐，还不用费力行走，为什么你偏偏不爱呢？你学会走路后，出门前将你塞进婴儿车成了老大难，有时零食和奶嘴也无济于事，令人百思不得其解。直到一次出差途中，我不小心扭伤了右脚脚踝，不得不靠轮椅出行，才一定程度理解了你的抗拒。

11 月，南部沿海城市，我摇着租来的轮椅，从半山腰的公寓酒店出发，准备前往剧场工作。酒店大堂的工作人员替我拉开大门，它看上去比我站立时高大厚重许多，轮椅前轮刚越过它，就遇到了第一个坎：酒店和室外地面之间有不到两厘米的高差。酒店建在半山腰，出门即是一段凹凸不平的石头路，轮椅有可能会失控冲下坡道。幸好同事过来帮忙，连人带轮椅将我抬了下去。接下来的挑战是人行道一段施工中的沙土路，轮椅陷进去，动也动不了，一位好心的路人连拖带拽将我解救出来；下水道的排水网也暗藏风险，轮椅的轮子刚好嵌进去，不得已单腿跳到一边，再等人将轮椅拔出来挪到平地。

同事家孩子和我家孩子差不多大，她凭借推婴儿车的丰富经验，一次次带我从城市马路的各种“陷阱”中成功逃脱。坐在轮椅上的我在随处潜伏着障碍的城市里不断被人搬运、解救，除了抱有“我很抱歉”的歉疚心理之外，最大的感受是无助和害怕。横在路上的软水管、超过一定坡度的路、矮到平时不会注意到的台阶、间距过窄的人行道护栏，都足以让出行受阻，止步于此。因为视线高度比从前矮了一半，目光所及都是人的裤腰和屁股，路人投来的眼神必然是俯视的：岁数大一点的注视更为直接，他们会从头到脚打探“问题”的根源，眼神里有一种不易察觉的侥幸；年轻人则更谨慎，瞥一眼再瞥一眼，然后佯装无视；孩子最不忌惮，他们会大声提问、道出事实，得到回答后一溜烟跑开。

独自轮椅出行需要胆量，要反复在内心抵抗被审视的尴尬，被人推行则要适应新的行进速度——当面前没有任何遮挡，眼前的风景会加速后退，尤其是和汽车、电动车共用马路的时刻，不安感瞬间加倍。在机场，我憋了好半天，终于和接我去登机口的工作人员说：“可不可以慢一点推，我感觉自己快要飞起来了。”

轮椅也好，婴儿车也好，都是人行道上的“异类”，配合的是多数人的行进速度。我可以要求别人慢一点，不会讲话的孩子如何才能及时让我明白：刚刚理发店门口的旋转彩灯我想再多看一眼。

养好骨裂的脚踝之后，重新在城市的道路之间自如穿行，从前的障碍不再是问题，也没人再用俯视的眼光审度我，愧疚心和怒火于是平息了，婴儿车依然推得飞快，无暇顾及孩童的漫游心态。上下班路上，我再度接纳了行走的不便：隔开车流的防护栏使我必须绕行整条街才能抵达公交车站；过宽的马路、很难推自行车上去的天桥，让逆行成了家常便饭；十字路口的红灯太过漫长，冻得人脚底板冰凉，失去耐心的人会冒险闯过去，被车流隔在马路中央；夜幕降临后，在家附近错综复杂的立交桥下，我鬼打墙般一遍遍迷着路，像误闯迷宫的小白鼠，不甘而悲伤。

一个冬天的晚上，我下班照例骑自行车回家，右手边是停在路边的一排非机动车，左手边进站的公交车从身后驶来，朝我逼近，我不得不刹车停下来。一对正追赶公交车的老夫妇被我的车子拦下来。我们都无路可走。他们对我破口大骂，好像我故意那样做，为的就是让他们错过回家的公交。我也因此学会了鸣响车铃，向着逆行的人，哪怕我知道错不全在他们。在无数个被车流和人潮裹挟着下班回家的夜晚，我一再克制也无法保持内心的安稳，无论是骑车、走路，抑或是乘坐公共交通工具，都使我焦躁难安，音乐和短视频也无法纾解我的愤怒，站在沉默的人群中，我不由质问自己：为什么偏要在这里？还有没有别的选项？如果有，那会是什么？

人能否独立穿行于一种环境、一个时代而毫发无伤？漫漫通勤路上，我耳边时常回响起波兰诗人亚当·扎加耶夫斯基的抗辩：

“因为我也经历了那个艰难的时代——且我很难说，在走出那个时代时，自己毫发无损、平静而纯粹，保持了内在的完整、成熟、勇敢、不妥协，没有被异己的思想观念左右。”

使我不快的，究竟是何种思想观念？我很少感受到幸福，哪怕是切身的、微小的、瞬间的幸福，难道是因为我不想吗？我身体里藏着一段丰厚复杂的历史，历经波折行至此地，却发现此地无人在意。

4

有段时间，我迷上了香港艺术家白双全的观念艺术作品。他用镜头记录下他在公共场合坐过的留有他人体温的座位："温暖由别人的身体流进座位，再由座位流进我的身体，这种身体间的密切交流来自两个互不相识的人。"我知道那种奇异的感觉，在人满为患的地铁上凑巧得到一个座位，前一个乘客的体温让它不再是一件无关紧要的设施，而变成你们之间私密的媒介。

他没有和任何人约定，只随意在香港挑选一个地方站着，等一个认识的人出现。一次在九龙塘，他等到一个很久没有见的大学同学。同学问他："你怎么知道我会经过这里？"白双全答道："其实我并不知道，只是我等了你很久。"这个作品叫《等一个朋友》。它替我实现了久未实现的期待：在人群熙攘的地铁站，和一个多年未见的老友偶遇；你们无视列车进站和出站刮起的闷热的风，不过问下一班列车何时将要停靠，不理会来来往往的人和驳杂的注视，你们闲聊起若干年前的一桩往事，会心一笑，之后潇潇洒洒分别，乘相反方向的地铁，返回不同的生活。这样，偌大城市中便多了两个确证过彼此历史的人，无可忍受的地下铁道旁也就多了一个不只承受当下的灵魂。

将你放在中央大街的次日傍晚，天色渐暗后下起雨，我推着你到家附近的商场闲逛。正等红灯，有人和我搭话，问孩子多大。我们聊了两句，她突然叫出了我的名字。

红灯变绿，我们同行了一段时间，聊到我们所在的同一所高中，聊起我们各自的孩子，中间空缺的十几年无须刻意填补。从老家回到北京后，每次等待红灯变绿的间隙，我都会想念那个喊出我名字的人。

时间向前推十年，我追求的是无人问津，我想逃离某种管束，去没人认识的地方生活。而现如今，我多么渴望在人群中被认出，暗自怀着渺茫的希望等一个朋友，一个能帮我在这座城市重建历史的人。

我想起我们小区门口一位六十多岁的保安，花白的平头，穿整齐的保安制服，他不爱待在岗亭里，无论冬夏都坐在路边的凳子上和居民攀谈。几年里我从未和他打过招呼。直到有一天我和阿姨带孩子出门，阿姨和他熟络地闲聊了几句，等我们走远，阿姨笑着说起那“好玩的老头”——他遥控升降杆上升，你就会大笑，后来他们每次经过，老头为了逗你，就说：“爷爷再给你升一次好不好？”

这件事发生在夏天，我知道时已是冬季。自那之后，只要看见那可爱的老头在门口站岗，我都会主动和他打招呼：吃饭了吗？什么时候下班？明天几点来？我在乎的并不是他的回答，而是他笑着和我说话的样子——我感觉自己不再孤身一人，居住和行走的这个城市也并非冷漠无情。

不到两个月，岗亭换了一位门卫。路过时，我仍忍不住向窗户里面看，希望能和那双熟悉的眼睛对视。最终只看到蜷缩在转椅上的门卫，低头刷短视频。他看上去还是个孩子，头发一绺一绺贴在额头上。除非有人敲窗或鸣笛，他几乎从不抬头。

岗亭附近安静了下来，从此经过小区门口，再没人笑着对我说：天冷了，早点回家吃饭。

5

美国，旧金山国际机场。远远看见母亲，她正眯着眼在手机上找我的电话。十几个小时的飞行，母亲的失眠症复发，一直没合眼，见了我就说起在飞机上的经历：

“美国人喝的水怎么都是冰的？我想要热水，想了好半天，突然想起来水是 water。热是啥来着？我就比划啊。最后还是要着了！”

汽车驶过机场高速路，路边的棕榈树迎风摇摆，两侧稀疏的白色小楼从山头一直铺到山脚。天边起飞降落的飞机一架接着一架。加州的夏天，阳光炽烈，晃得人睁不开眼。两年前，就在这条路上，我坐在一位基督徒的小红车里，只身一人来到加利福尼亚。

那年我 23 岁。响在耳边的不是老鹰乐队那首《加州旅馆》，而是因为太久没睡觉止不住的耳鸣。

“对啊，我就拿着你给我准备的材料，过海关的时候一直笑，人家就让我过了！”

母亲话没说完，就倒在床上睡着了。毕竟是快六十的人了，为了参加我的毕业典礼一个人远渡重洋，第一次走出国门。这是她自己原先想都不敢想的。

两个月前，在我忙毕业论文答辩的时候，母亲就在电话那头说：一定要去。接着就跑到照相馆拍了张签证照片，准备材料，坐火车到沈阳办签证。至于她为什么这么坚持，我也是百思不得其解。

母亲刚出生时正逢大饥荒，吃着马粮树皮勉强活了过来。小学赶上“文革”，没读几天书，每天都在“斗”，看着那些大人们斗，自己负责唱歌跳舞，歌颂领袖。19 岁赶上了“上山下乡”，被派到绥化的一个知青点干农活。后来恢复高考，从握着锄头到握着笔，没日没夜复习，又考回到城里。返城了，读了师专，做了老师。结婚之后，正赶上计划生育，没敢要第二个孩子。35 岁才有了我。

她这辈子都是被别人安排的。挨饿、批斗、下乡、结婚、生子。没有一件事遂了她的愿。去美国，像是第一次由她一个人完成的宏图伟业，唯独这件事能为她正名。

我们之前的房子是单位分的，没得选，居住环境差，母亲希望能自己选择一个心仪的房子。我中考当天，母亲被考点附近的房地产广告吸引。我前脚进了语文考试的考场，她后脚就拍下了一套房。等漫长的考试过去，我考上了省里最好的高中，她一直都在心心念念那间“属于自己的房”。每隔几天，就到工地去看房子盖得怎么样了。可惜天不如人愿，开发商和建筑商的交易迟迟谈不拢，两年下来，房子倒是盖得差不多了，窗子没来得及安装，建筑商就跑了路。

之后的周末，母亲终于闲了下来。再之后，我高考、到南方读大学、出国。八年间，她每天能做的，就是笨拙地敲着键盘，查一查她那间房的消息。那幢楼里当初的房主，四处奔走，打官司、被驳回，继续打官司、继续被驳回。原本把它当做婚房的新婚小夫妻离婚的离婚、再婚的再婚。儿女为了孝敬父母买的房，房子没等来，父母的年岁熬不住了，阴阳相隔。

终于有一天，她拿到了那间房的钥匙。母亲已经从知天命到了耳顺之年，当初的兴奋劲儿早就过了。她摆弄着那副钥匙，嘴里叨念着：你都要去美国了，可惜有点儿迟了啊。

母亲等房子的时节，全家人就挤在90年代单位分的小房子里。下雨或下雪的晚上，会听见滴答滴答的声音，那是雨水渗透过脆弱的墙体，滴落到地板上的声音，在寂静的夜里格外清脆。

母亲的房间也没能幸免，床正上方的天花板被水浸湿了一大片。我们俩并排躺在那屋的床上，我突然发现那片水迹像一个飞翔的天使，也像一个酣睡中的婴儿。母亲听了，笑得不行。第二天，我们借来了钥匙，从院子里搬来残缺的砖头，爬到楼顶修房子。

19 岁那年，我到南方读大学。老家的房子还是没经得住冬天东北的风雪，在开春的日子全面崩盘。母亲那屋是重灾区，床上放满了接水的脸盆。也是那一年，我在富庶的南方，感觉到南北方生活开销的巨大差异。想起母亲的新房和旧房，总觉得花钱本身就是罪恶。大学毕业前夕，因为年少无知无畏，我决定到美国读研究生。大年初三那天接到斯坦福大学的录取通知书，盯着天花板上的水迹，总觉得对我而言，现实和理想之间，差的就是钱。

我说：不去斯坦福了，到公立学校吧，学费能便宜好多呢。

爸妈却一口咬定：不行。你能有这个本事，我们就能给你这个条件。必须去读！

当时我给一个电影公司写了一年半的剧本已经接

近尾声，原本期待着能通过自己的劳动赚些钱，减轻家里负担。结果因为资金问题，制片方没拍成，合同没签，钱也没了着落。我的银行账户依旧空空如也。

就这样，我揣着家里几乎全部的存款和学校贷款换成的美元，来到美国加州。像是带着一种使命，从此背上了一屁股债。在美似花园的斯坦福，我的双脚总感觉踏不到地，一面是家里厚实如山的期待，一面是自己不知所往的迷茫。一面读着艰涩难懂的理论书，写着用词玄乎的论文，和人家讨论文学讨论中国，一面想起老家漏水的房子，母亲正站在街上，为一盒图钉和小贩砍价。而我三个月的学费，就足足可以压倒这一切。

因为远隔重洋，加上要命的时差，我总是这个家里最后知后觉的人。那边的人病了、走了，我都不知不觉就被“置身事外”。在美国西岸那个安静祥和的校园里，每个人都在谈论理想，都为了某个学术问题而亢奋，完全嗅不到任何和现实相关的气息。尤其在富裕的硅谷，开在路上的敞篷跑车、在名牌商店挎着购物袋穿行的姑娘、路边咖啡店里一杯精致昂贵的咖啡，已是生活的常态。连卖菜的集市都可以配上一支乐队，吉他手弹上几支乡村音乐，活泼欢快，很难不让人坠落到对幸福生活的美好幻想中。虽然街上偶尔也会有穿着破烂的乞丐、精神错乱的老兵、推着装满全部家当的小车向人讨钱的黑人，但总觉得那一切都和我没太大关联。

就这样，在那个人人都惯于优秀和富足的大氛围里，我渐渐走失，经常在噩梦中惊醒，无缘无故难过得想哭。

好在两年之后，我如期毕业。家里终于松了口气——再也不用花钱了。

母亲的鼾声响起。她平时不打鼾，只有很累的时候才这样。加州的中午，是国内的凌晨，时差催眠了她。我跑到厨房，操刀弄料，做好了午饭。平时上课的时候，很难有时间做顿像样的饭，只能跑到食堂吃菜叶、带冰碴的三明治，还有烤得硬邦邦的牛排。学校附近没有便宜的菜店，只有等到周末搭校车拎回一周的菜。母亲来的前一天，没有校车，我才跑到学校附近的集市买了些菜。美国的农贸市场都是附近的农民从自家的菜园果园新采摘的蔬菜水果，和国内的农贸市场不一样，价格反倒相当昂贵。

母亲吃着这些她不知道的菜，笑得合不拢嘴。

母亲生怕自己走丢，特地让我写了个字条，上面是我公寓的地址和电话。还特地学了句英语：Where is the restroom? 当晚，她就用小本子抄下了几句英语：I am Chinese. I don’t speak English. Sorry. 反复练习。

在美国，尤其是在公共交通非常不便利的广袤的加州，没有车几乎无法出行。在母亲来看我之前，我跟一个自称是“刘备刘玄德后代”的中国教练学车，通过了驾考。本打算租车带母亲环游北美，但她誓死不从，担心得要命。最后只能放弃。

没有车，母亲的活动范围从原本在哈尔滨从城东到城西的距离，缩小到我公寓楼下的院子。她偏偏是个闲不住的人，一定要四处走走才好。每天晚饭过后，我们俩就沿着我每天上学的路，从公寓走到商学院，再从历史系、传播系走到物理系，最后从图书馆前的棕榈大道走回家。

那条路是母亲最爱的路。傍晚时分，红彤彤的晚霞从天边一直烧到头顶，深翠的棕榈树叶子在晚风中轻轻摇摆，两侧西班牙风格的黄色教学楼在时光中静卧。天色渐晚，夜色笼罩整个校园，昏暗的路灯把远处的草坪变成一片寂静的海。成群的飞鸟从天际划过，不时召唤着同伴。我和母亲，从教堂前走过，留下一连串笑声。

母亲对周围的环境渐渐熟悉之后，我逐渐开放了禁行。她可以独自到校园里转。一天，她兴冲冲回来，说自己在教学楼前打太极，被一群外国姑娘围观。她勉强说着她会的那几句英语，和她们聊了半天。还有一次，一个美国大叔过来修灯，我恰巧睡着，母亲却和他聊得热闹。醒来后我问都聊了啥，她说：他问我你是不是我女儿，我说是啊。他问是不是来参加毕业典礼的，我说对对对。他还问——

你能听懂这么多啊？！

她说，猜呗，不过八九不离十。

偶尔我带她到学校附近的镇子上转，她几乎和每一栋民宅都拍了照。那些二层的别墅小楼，每一栋都有每一栋的风格，有的偏欧式，有的偏日式，有的门前挂着花篮，有的院子里种着五颜六色的植物，有的栽满了果树，黄澄澄的柠檬从树枝上垂下来。我们从路边捡了几颗熟透的李子，边走边吃。母亲说：这简直是共产主义社会。我瞥了她一眼，她正像个孩子一样蹲在地上摆弄一盆多肉植物。

母亲抬起头，看见一扇制作精美的窗子，又想起她的房子，嗫嚅道：可惜还是来得晚了些。你都走了。

我连忙岔开话题，让她看路边一条精瘦的大狗。

刚来美国，母亲原本就不太好的身体更加不习惯。先是咳嗽。带她到药店买了药，药水里含有酒精，最后咳嗽没治好，她的失眠症治好了。母亲依旧是咳，咳得说不完一句完整的话。因为没有保险，加上对美国医院的治疗方法不敢恭维，除了给她试不同的药，就只能这么下去。咳嗽好不容易好了，又开始拉肚子。美国的食物对她的胃而言还是太硬太冷了，在外面喝汤都会拉肚子。于是只能在家里做。但还是免不了每次出门都急着给她找厕所。

终于等到了我的毕业典礼。前一天晚上，母亲陪我到学校书店领了硕士服，一件黑色的长袍，三角形的袖口从手腕一直连到后襟。我换上它，戴好四角的学位帽，绣着 2015 字样的流苏垂在肩上，站在公寓的镜子前。镜子里的母亲面容憔悴，眼神却难掩欣喜。

典礼当天清晨，母亲穿上精心准备的衬衫和笔直的杏色裤子，化了大半天的妆，像个待嫁的姑娘。我们和几个一同毕业的好友，还有他们的爸妈，一路走到体育场。在体育场后面的丛林沙地里，聚集了一大批身穿黑色长袍、来自世界各地的毕业生，按照各个学院，在各自的院旗后面分站，院旗上绣着学院的标志，盾牌一样的图案。

进入体育场踩上绿茵，瞬间被周围欢腾的景象震惊。整个体育场坐满了远道而来的亲友，他们欢欣雀跃，大声呼喊着自己孩子的名字。其中必有我的母亲。视线从一大片人群中掠过，心急地寻找。就在毕业生准备落座、整个会场归于平静的刹那，远远看见最后排的母亲正奋力挥着双手。对了！那就是我的母亲！

整个毕业典礼，母亲都在狂喜的情绪中度过。她听不懂英语，但在那些繁琐的流程面前，她是个再聪明不过的分析者，她明白哪一段是在唱圣歌、哪一段是在向主祈祷、哪一段是校长讲话。只有在毕业生们起立，朝着身后的人群鼓掌的时候，她蒙了。我告诉她，那是校长让我们感谢支持我们的家人和朋友。

系里的毕业典礼上，我把母亲介绍给了我的导师、我的系主任、我的同学。她那么健谈，特别想多说几句，刚要开口，想起人家听不懂中文，只能微笑点头。上台领毕业证书的时候，我一眼看见瘦瘦的她在一群人中间，端着手机，眯着眼，给我拍照。

我当时特别肯定，母亲那老花眼根本看不清自己拍下了什么，拍出来的照片也一定是模糊的。但是我为她在台上多停留了十秒，等她按下快门。

第六章　漂 流

1

产后两个月，我在走路时才勉强感觉不到身体骨骼的错位。脱下月子服，在胸罩内侧贴上防溢乳贴，将尚未复原的肚子塞进宽大的衣服（大部分怀孕前的衣服都不再合身），给消肿的双脚穿上从前的鞋子，将孩子交给婆婆，暂时关闭大脑中纷杂的育儿事项，不去计算下一次喂奶的时间，独自一人走出房间。

佯装悠闲走在街上，没有人知道这个人克服了多少障碍才得以恢复如常。

卸掉重物，重新坐回工位，打开电脑，和同事对接工作，他们只看到了一个和之前相同的人，最多只关注到身材的变化（“你没怎么变啊”）。他们不会了解也无须了解，这个人正日夜兼程地忙碌着，她正努力调动全部的能量，抵抗身体和精神的双重压力，让自己像从前那样全心全意地工作，在任务袭来时不退缩，至少不会退缩到再也不工作、全职在家照顾孩子的地步。

像从前一样踏上出差的旅程，需要调试的除了和婴儿分离的焦虑，还有如何处理不断溢出的奶水，找准同屋不在的时机用吸奶器泵奶，如何在视频通话时面对大哭的孩子压抑前所未有的愧疚感。愧疚感——做母亲后，我还没学会如何和它共存。每当我接管你，欣赏你可爱之处的同时，总能隐约感到一股力量，将我从重复性的名词、动作、交代、安排中拖拽开来，一次次敦促我返回到真正使自身丰盈的活动中去，比如阅读、写作、度过闲适的时间。

世界上存不存在死心塌地、全心全意做父母的人？心甘情愿将所有精力悉数分配给孩子的那种父母？身为母亲的呵护备至和身为人的精神需求，两股力量将我拉扯成两半。和孩子在一起时，我心里想着别的事；离开孩子，愧疚感又会在不经意间涌现。短短四五天的差旅，孩子可能因为喝不到母乳大哭着不肯入睡，可能会怀疑妈妈怎么突然不见了，在我回到家后拒绝让我抱紧他。我们各自都需要时间，适应分离和重聚。

为了不丢掉工作，也为了证明自己（该死的自尊心），需要应对的还有很多：睡眠严重缺乏导致的记忆力下降、反应迟钝；冷静面对“一孕傻三年”之类的玩笑话，确保不会反应过度；通勤和出差路上不去想工作的意义；不和未婚未育的同龄人做比较，尤其是职业发展和生活质量方面的比较；被迫放弃社交和休闲娱乐的委屈感、孤独感。当被问起当妈妈感觉如何，很想笃定地说一切值得，但多半只会笑笑，最终什么都没有说。

经历生育之后，我仿佛怀揣了一个不可声张的秘密，即便有人问起，也只会轻描淡写说一句“反正挺惨的”，不会描述细节，更不会过多触及感受。倒不是有意隐瞒，而是不知道该以什么样的语言、哪种视角去讲述，不知道面对不同的人该袒露多少。

因为一旦和人讲起这些困境，就会发现自己陷入新的困境：既然最初是自己做出的选择，为什么不满意现在的结果？一个人如何能既深爱着自己的孩子，同时又后悔生下他？

单独带你出门，尤其需要心理上的调适。第一次推着刚满月的你出门，正值盛夏。刚走出单元门，迎面走来一个没见过的老太太，朝我喊道："怎么不给孩子穿双袜子？"

百天，忘记你因为什么哭起来，我抱起你安抚。一旁的家人说："孩子哭的时候不要哄，不要抱，笑的时候才抱。哄着哄着成习惯了，父母得给他立立规矩。"

你刚学走路，我领着你在公园玩。台阶很陡，怕你摔跤，于是拎着你的两只小手一步步往山下走。路过一个老头，指着我说："一只手就够了，你得让他锻炼，练习走路。"

若干年前，我刚结婚，回婆家的高铁上，邻座一对夫妻和婆婆带着两岁左右的孩子。一路上婆婆不停指导儿媳：孩子睡着了要用手挡住阳光，该给孩子脱鞋了，该穿上了，该喝水了，该吃饭了。我一直在偷偷观察那个妈妈，她不多说话，每件事都照做，面无表情。我心想她何以能够忍受。

若干年后，过年带孩子回婆家。孩子感冒流鼻涕，什么时间要擦，怎么擦，穿多厚的衣服，什么时间吃饭，该吃什么，要不要出门玩，都有不同的主张。大年初一，一屋子的人，无数的建议、评价、指导在耳边飞舞。孩子在哭，不肯吃东西，小米粥淋了一身，鼻涕抹在手上。我缺乏睡眠大脑宕机，手脚却在麻利地收拾，在下一个提议到来之前，集中精力安抚孩子的情绪。

相信不止我一个人听过这样的话：“就因为妈妈在旁边，他才不听话，你不在的时候孩子可乖了。”一直不能理解，和一个母亲说这样的话，是想表达什么：她是多余的？她教育失败？孩子无理取闹全是她一人的过错？

不想成为那种母亲：因为没办法处理好自己的生活和情绪，将额外的压力加到孩子身上，时隔多年还对当年的不易耿耿于怀，不断抱怨丈夫的不理解、孩子的冷漠、家人的刻薄。什么是对的，什么是好的，什么应该，什么不应该，做了母亲，我更加糊涂了。每个人都爱在这些问题上横插一嘴，而当孩子号啕大哭不肯入睡时，抱着他、安抚他、和他共同抵抗黑夜的，往往只有母亲一个人。这让她们感到无比孤独。

“母亲是全世界都极力想象的那个女人。世界对我们活着的意义抱有充满怀旧色彩的想象，几乎没有商量的余地。问题在于，我们自己也怀着各种不切实际的想象，规定了母亲应该是什么样子，且极力想符合要求，为此吃尽苦头。我们还没有完全理解，社会系统想象出来的带有政治色彩的‘母亲’其实是一种妄想，世界爱这一妄想超过爱母亲本身。”（德博拉·利维，《我不想知道的事》）

成为母亲后，我感到自己无时无刻不生存在缝隙之中——对“母亲”不切实际的幻想与她所需面对的残酷现实。而我所做出的全部努力，就是让自己说话不像是在抱怨，生活不像是在忍受。

2

2024 年春节前夕，一个工作日的寻常午后，公司 HR 单独约我谈话，告知公司现在有困难，年后即将裁员。

“在一家没有前途的公司拿到赔偿，再去有前途的公司工作，也不失为一种选择。”她说。

不知是因为那天太冷，还是公司供暖不力，我看见她嘴角在微微颤抖。

“好吧，我明白。”我说。

我以为，公司即将倒闭，这是所有人都将面临的命运，而我只是率先得知这个消息的人。毕竟那天下午，会议室的玻璃门照常打开，同事们鱼贯而入，每周一次的选题会如期举行。新的选题陆续写在白板上，电视屏幕上展示着一张张 PPT，新的计划，新的人选，推翻，讨论，建议，熟悉又陌生的脸。墙角那株两米多高的盆栽植物，枝叶枯黄，只剩一片巴掌大的叶子挂在枝头，摇摇欲坠。它是什么时候死掉的呢？它已经死了吗？

阳光透过身后的百叶窗照在笔记本上，恍神之间，三岁的我正蹲在街心花园，屏气凝神。砖石的缝隙，一处黄土垒起的小小洞穴，琥珀色的蚂蚁从那里进出，沿凹槽前进，触角相碰。它们正合力搬运一小块面包屑，匆忙而镇定，浑然不顾一个比它们巨大无数倍的人类已经注视许久，手中的树枝即将直插入洞口，捣碎它们精心搭建的一切。

三十年过去，冬日午后的那间会议室，以为预先知道消息的我再次获得了一种俯视的视角。只不过，我不再为此而兴奋，而是心有戚戚——存不存在一个更庞大的东西，此刻同样在俯瞰我的行迹？随着那片暗影的扩大、蔓延，是不是我自己也终究是一只劳碌却浑然不觉的蚂蚁？

年后复工，我才惊觉，公司还将继续运转，我只是要离开的少数人之一。

接下来的日子，每天下班前从办公桌拿几本书回家，收走水杯、电脑支架、鼠标、工作笔记本、生日时同事送的手办。原来一人在一地留下的痕迹可以这么轻巧地擦拭而去，干净利落，仿佛不曾来过。最后一次走到门口，回头看见对面的书墙隐没在黑暗中。刚搬来这里时，我们相隔站立，像传送带一样接力运送那些书，我负责按类别摆放。将它们整齐垒在书架上的时候，我还不到 30 岁，像那些书页一样崭新。

办公室角落里的圆台，天花板垂下的幕布，白色投影仪，堆放在墙边的折叠椅……艰难的三年，各地剧场的演出暂停，节目录制被迫从剧场搬到办公室，全靠这些物件维持公司的运转。有些事我们知道它终会结束，却无法预知它何时结束，如何结束。悬置的时间是一条激流，冲荡着一切坚固的事物。在一次次冲撞涤荡之中，任何能抓在手里的都成了救命的浮木。

经历了这一遭，于是急于知晓下一次水流的方向。预先知晓是可能的吗？知晓之后呢？

骑上车，最后一次停在晚高峰的十字路口，心头涌现的画面似曾相识：小学四五年级，校长出现在班级门口，叫走了我和另外两个同学。这位孙姓校长主管教学，经常来班里听课，我那时候大概比较踊跃，被他注意到了。

“这次期末考试，语文阅读，考肖复兴的文章。”他语气不急不缓。我不明所以地看着他，不知道下一句话会是什么，和我有什么关系。“你们班这学期学到肖复兴了吗？”我们摇头。“我就先和你们几个说一声。”他略带狡黠地笑笑，临走前提醒我们：“别和你们班主任说。”

回到班里继续上课，黑板上的字迹化作齑粉飘向半空，班主任的声音似从深谷传来。我怀揣着一个巨大的秘密，却不知道要拿这秘密怎么办。既然提前知道了要考什么，学习不考的部分又有什么用。

下课后，班主任将我们叫到讲台前：“刚刚校长和你们说什么了？”我们面面相觑，不知如何作答。沉默支吾良久，我们终于在权威的凝视中缴械投降，如实相告。第二天的语文课上，肖复兴的课文被着重讲解，题目和解答一应俱全，被印在纸上分发给全班。

几日后的期末考试，语文阅读题的作者的确是肖复兴，却不是我们着重复习的那篇。红灯变绿，避开逆行的电动车，自行车勉强从两辆汽车之间穿过。心中的疑惑和此起彼伏的鸣笛声一并汹涌而至：孙校长为什么要那么做？是为了考验我们是否诚实吗？或者他明知我们会泄露秘密，只是想考验老师的品行、押题的能力？

多年过去，校长的个人意图已不可考，问题变成了：当被赋予预先知晓的权利，我又额外得到了什么？和班里其他同学相比，我在面对老师时更加尴尬了，再遇见校长更是无地自容，我非但没有信守承诺，还无意间让全班走到了错误的方向。

那个下午，会议室里预先知道即将失业的我，就像当年预先知道考题的孩子一样，除了掩藏起内心的忐忑，假装一切如常，我还能做什么？

失业之后，我成了咖啡馆的常客，以前没机会读的书、看的剧、写的东西终于提上日程。陪孩子玩耍时不再频繁查看手机，不惦记未完成的工作，也不担心错过谁的电话。我好像变成了一个更和善的好人，骑车时不再心急火燎地向前冲，见缝插针般在车流中穿梭；也有了足够的耐心，等待同乘电梯的老人先下，停下来看樱花被风吹散；第一次发现小区门口光秃的树并未枯死，枝头长出的是香椿芽。

过去的几十年，我以马拉松式的坚持严格执行着被分配的任务，读书，考学，上班，完成 KPI。而这一次，时间不再被切割成规则的形状，起床和入睡都成了自己的事。当一个人终于不必迎合他人、靠交换自己的一部分换取生存，生存就彻底回到生存本身。

就像经历了一场长跑，起先是兴奋，继而疲惫感从大脑逐渐蔓延到关节和肌肉。焦虑紧随其后：下一次赛跑会在哪条跑道？跑向哪里？怎么开始？我的目光开始从外部回撤，转而频繁打量自己，想知道自己还有什么本事能换算成金钱——在这座城市落脚的基本条件。

我再次回到了起点。和刚毕业时一样，需要靠不断讲述和解释重新赢得认可。和 25 岁的自己并肩而立，我们的困惑在本质上如出一辙：读了那么多书，被教授了那么多道理，我究竟能以什么为生。

“我凭我二十多年的从业经验告诉你：在这个行业，经验比学历重要得多。”九年前，一家新闻媒体的主管告诉我。

“你的经验无可指摘，但目前我们不需要这么多，而是能短时间内帮我们搞到钱，最好一到两年能带团队实现营收。”九年后，我终于积攒了足够的经验，却被告知需要的是别的。

经朋友介绍，我和一家外企的部门主管在咖啡馆见了面。这是我第一次尝试走出本行，在全新的领域找寻立足之地。“对我们肯定是一个挑战，”她坦言，“我相信你的学习能力，但直接聘用一个成手，带其他公司的先进经验过来，对我们来说更高效，成本更低。”我等待。她停顿片刻，然后抬头看我：

“我觉得你志不在此。”

年轻的伊卡洛斯和父亲代达罗斯为了获得自由，用蜡和羽毛制作了一双翅膀，想戴着这双翅膀逃离克里特岛。动身前夕，代达罗斯警告儿子不要飞得太高，否则太阳的温度会将蜡融化。伊卡洛斯启程了。自由飞翔的感觉逐渐让他陷入迷狂，他忘记了父亲的叮嘱，越飞越高，直到太阳的热浪将蜡烤化，羽毛纷纷脱落。伊卡洛斯坠入茫茫大海。

人在攀爬的时候，会短暂忘记坠落的失重感，直到天崩地陷，滚石和地火将肉身席卷，才惊觉自己太享受攀爬的感觉，忘记最初追求的本来只是到达山顶。“志不在此”冲入耳膜的刹那，我想起从小父亲便告诫我：不要安于现状。现如今难就难在，你所渴望的恰恰是安于现状，却不被允许。

“你知道，每一份工作，周围人都会说，‘你不属于这里’，”我们的谈话不再是流于表面的面试，“可是我确实想属于一个地方。我想找到一种稳定的、可持续的生活方式，而不是用之即弃、漂流一样的日子。”我说。

“这么说起来，我还算幸运，”她说她喝了太多咖啡，只呷了一口杯子里的柠檬水，“生在70年代，每个人生节点，机会都摆在你面前，选都不用选，路都在脚下。”

“那是什么感觉？”我下意识地问，随即又觉得有些失礼，于是补充道，“我不知道机会近在眼前是一种什么感觉，对我来讲每个转折点都是茫然未知的，甚至很多时候问无可问，只能凭感觉走走看。”

我们相对坐了一会儿，没说别的话。告别后，我大步走上天桥，晚高峰的车流将整条路点亮，远看像一条亮红色的霓虹灯带，和粉蓝色的天空相映。面试大概率没有成功，我却莫名欣慰。九年前，面试官和我敲着桌子自吹自擂，而今天，我终于被平等地对待。

3

从 CBD 的高楼走出来，午休的人们胸前挂着工牌，在外卖柜前取午餐，在餐馆门口等位。他们脸上呈现出相似的表情，混杂着疲惫、不耐烦和戒备。外卖员在楼宇间飞奔。保安朝路边一辆车大喊：快点开走！这儿不让停！世界照常运转，每一天和每一天别无二致。按下暂停键以后，才得以从第三人称的视角观察和思考：他们在忙什么，是不是非要如此才正常。

第一次产生这种和世界分离的感觉，是在山东烟台的海岛。舅舅绕过半个沙滩，将一部小灵通递给我，母亲的声音在电话里时断时续，告诉我学校已经提前复课。“不过你们先别急着回来，这波污染还没过去。再等等。”她郑重道。

那是2005年，我15岁，初中最后一年。那一年，中国南极内陆冰盖昆仑科考队确认找到内陆冰盖的最高点，是人类首次登上南极内陆冰盖最高点；Beyond乐队在香港举办了告别演唱会，之后正式解散；伦敦获得2012年夏季奥运会的举办权，2012还是遥不可及的年份；神舟六号载人飞船成功返航，费俊龙和聂海胜的名字频繁出现在电视、报纸、课堂和家庭聚餐上。

那一年是日本宣布无条件投降60周年，也是纪念世界反法西斯战争胜利60周年，打开电视就有抗日影视剧和历史专题纪录片可看，我家最爱的是《亮剑》。那一年我们班同学都在给《超级女声》投票，校门口的小摊上摆满李宇春和周笔畅的贴纸，音像店门口的音响循环播放着光良的《童话》、林俊杰的《一千年以后》、S.H.E的《不想长大》，还有电视剧《大长今》的主题曲。

那一年真正影响我生活的，是吉林石化公司双苯厂发生爆炸，约100吨苯类物质流入松花江，造成江水严重污染。受污染的江水流过哈尔滨，市政府向社会发布公告：全市将停水4天。消息一出，正上班的父母立刻从单位赶回家，将家里的红色水桶和一切能装水的工具摆成一排，储备未来一段时间的饮用水。各大超市的饮用水、饮料很快被抢购一空。更让人恐慌的是，一则有关地震的消息在邻里、同事、师生之间疯传：一场八级以上的地震即将侵袭这座城市，将这里夷为平地。不久，学校通知停课。我、表弟、姥姥、姥爷登上开往烟台的火车，投奔在那里工作的舅舅。

“姐，火车怎么还不开？咱们下去推一把吧！”小我两岁的表弟上车后不停问我。“急什么？过会儿才开呢。”“再不开地震来了怎么办？大水会不会把我们冲走？”他紧张得嘴唇发白。车厢里播放着《嘻唰唰》：“请你拿了我的给我送回来／吃了我的给我吐出来……”

“我睡上铺，省得你俩上上下下，再摔着。”姥姥说完，双手撑在中铺床边，三步并作两步爬了上去。

“我的妈呀，多大岁数了还这么灵分（敏捷）？”同车厢一个五十岁上下的女人惊叹道。“七十一。我常年打乒乓球，游泳，这不算什么。”我和弟弟对视了一眼，露出骄傲的笑。

我们住进了舅舅学校附近的画室。灰色水泥地，没铺地板或地毯，走廊将房间分隔成学校教室一样的布局，有些空旷。我和姥姥住靠近房门的一间，姥爷和弟弟的房间在中间，舅舅住最里面，画案和书桌占了大半个房间，一张单人床缩在角落。

我们白天出门闲逛，从附近的市场买扇贝和排骨回家做，我和弟弟在大人午睡后到楼下的花园疯跑。因为意外得来的假期，我心情不错。唯一让我不安的是晚上睡沙发时，头顶刚好朝向走廊，偶尔半夜醒来，总感觉门外有人经过。我闭上眼，心里默念爸妈，等那一刻的恐惧过去。我从未想过父母在做什么，为什么单独将我送出来。少年的心是单向度的，只考虑眼下的事，只看眼前的人，分别和重逢不过时间问题。

出门匆忙，没带课本和作业，我获得了功课的豁免，不免无聊。有天路过一家书店，我向姥爷讨要了一本紫色封皮的英文彩色书，里面收录了徐志摩《再别康桥》的英译。我每天默念“Very quietly I take my leave/ As quietly as I came here/ Quietly I wave good-bye/ To the rosy clouds in the western sky...”消磨时间；偶尔还会从舅舅的CD盒子里找电影看。一个午后我看完了《霸王别姬》，一连几天说不出话。直到舅舅将小灵通递给我，母亲在电话里告诉我学校已提前复课，我的自由终于烟消云散。

我依然身在海岛、沙滩、海鲜市场和花园，心里却急着回家了。那通电话将我重新安置在了从前的轨道，人人以学业为先、由考试和排名决定的轨道，我和世界相分离的感觉瞬间消失。我明白豁免只是暂时的，第二年夏天我就要中考了。

快点开走！这儿不让停！CBD楼下的保安再次大声喊道。中午气温骤然升高，后背汗涔涔，头顶被阳光烤得发烫。记得那个夏天也是这么热。我倚在沙发上，穿着舅舅临时找来的短袖T恤，吃西瓜，吹风扇，看《霸王别姬》，背徐志摩的诗。后来我返回学校，一个同学告诉我，隔壁班有个男生和我一样，也被父母送了出去，只不过他去的是江西九江。“结果哈尔滨没地震，九江震了。”她说。我们笑得前仰后合。

将近20年之后，舅舅退了休，从此不再画画，姥姥和姥爷已不在人世。表弟在国外定居，已是两个孩子的父亲。我刚刚成为母亲，失去了工作，再次和世界分离。

可任凭我怎么查证，都找不到2005年九江在夏天地震的记录。去问父母，他们发来的照片上，赫然标着“2005/11/29”，北方正值冬天。我和表弟站在养马岛的礁石上，朝镜头挥手。我们穿着棉衣，姥姥系一条红黑相间的围脖，身后的小岛海浪翻涌。

记忆是可靠的吗？活在一连串暧昧不明的时刻，我总是知道得太早，领悟得太迟，不等作出反应事情已成定局，除了随波逐流什么都没做成。这是个人的失误，还是注定的结果？

小学三年级，班级要上一节音乐公开课，校长、教委的领导都会来听课。班主任提前一天通知我们带音乐书和口琴。那天的课表本没有音乐课，所以我忘记了。早上第一节课，班主任问有没有人没带书和口琴，我站了起来。也许还有别的同学，也许没有，已记不清。只记得那天我特地戴了个过年新买的发卡，两条棕色的小辫子是我从没试过的造型。

“成天就知道臭美，还戴个破辫子，你有这工夫干点正事不行吗？”班主任怒目横眉，我吓坏了，委屈涌入鼻根，眼泪直冲出来。我哭得上气不接下气，无论如何都停不下来。不知过了多久，灯灭了，教室暗下来。班主任走到门口，和什么人说了几句话，之后告诉我们：“学校停电了，今天音乐公开课取消。”

眼泪还挂在脸上，长时间的哭泣让我鼻塞。我停下来，抬头望向班主任，希望她能对我说些什么。她避开了我的眼睛，什么都没说。从此我再没戴过那只发卡。

也许是因为这次不愉快的经历，或许也和身边的人长年累月的教导有关，从孩童、少年一直到成年，穿新衣服、戴新发饰、让自己变美、闪耀，接受观看和赞赏，从来都只会给我带来额外的压力，我无法从中体会到任何快乐，有的只是紧张，还有生怕自己因此而出丑的局促。

之所以在这里旧事重提，是因为这段经历带给我的，更多是类似哲学意义上的思考：人有没有可能先验地知晓自身的命运——假如灯晚一点熄灭，我挨的骂或许还有意义。哪怕任何一个人早点知道音乐课会取消，班主任的怒火、我的委屈都不会发生。可归根结底，谁能为此担责呢？除了将令人不快的记忆、苦涩抛在脑后，谁又能做什么呢？

我们对即将到来的事物一无所知，这构成了我们的敬畏心，促使我们不断匡正自己的行为，调整决策，好应对不断变化、无从把握的世界。我同样是在警告声中长大的：这个不能碰，那里不能去；不能早恋，否则会耽误学业；不能得意忘形，不然关键的学年就会一落千丈；毕业前要努力实习找个好工作，到了年纪就要结婚，结了婚就要把生孩子提上日程，不能让自己的孩子输在起跑线……

持续性的紧张、不进则退的焦虑裹挟着我们一路向前。可是谁又能知道，那段时间的失联意味着分手；那个决定将点燃日后争吵的引信；那晚去赴的约将带我进入全然不同的职业；面试官抛来的那个问题代表他已心有所属，而那个人不是我；大可不必为了攒钱放弃出游，因为之后的三年哪里都去不了；那些人不必死，灾祸很快就会过去。

应该紧紧握住那双手，更热烈地拥吻，更果敢地行动。正如当初不计后果的一次决定，我的生活便彻底改变。

尾声

1

凌晨，孩子喝完奶，起身将奶瓶摆在床头正中间，继而大哭。半睡半醒，我爬起来，试图安抚。两岁七个月，他依然不会用语言表达需求。哭声是他最后的武器。

此前几天，胃肠炎击倒了我们一家，孩子奶量减少，变得更依赖他的水壶，临睡前偶尔抱着它喝水，直至睡着。于是我问："是想喝水吗？"哭声更尖利了。

"想吃东西？"黑暗中，我摸到他将小手塞进嘴里，这是他平时表达要吃东西的手势。他开始踹脚。我猜错了。

"那你想要什么？"此时他已情绪崩溃——这是我再熟悉不过的场景——从两岁起，他突然从一个温和憨厚的婴儿变成暴虐无常的小人儿。第一次大规模爆发，是盛夏的一天午后，他毫无征兆打着滚号哭，时而起身跳脚，时而将头反复在床上磕撞。那是求救般的哭号，愤怒使他涨红了脸，呼吸急促。我们尝试了所有能想到的沟通和安抚办法，全数无效。最后只好眼睁睁看着他哭了足足一个小时，尿了一身一床，才在声嘶力竭中偃旗息鼓。

事后我们猜测，大概是那段时间天太热，他不想穿身上那件小背心。从那以后，整个夏天，他拒绝在家里穿衣服。相当长一段时间，什么衣服都穿不到他身上，好言相劝或是威逼利诱一概无用。有时他想出门玩，却过不了穿衣这关，我们告诉他必须穿好衣服才能出门，他就在门前倒地崩溃。我们都不知道该拿他怎么办。

我不了解别的孩子，直觉告诉我，也许哪里出错了。两岁体检，社区医院的儿保医生听说他还不会主动叫爸爸妈妈，立刻开了一张“转诊单”，塞进我手里。我们不敢大意，抱着他来到区妇幼保健院的儿童发育评估门诊。医生用铅笔头敲着桌上的评估报告，一字一顿告诉我：“发育迟缓，需要干预，能不能上小学还是个问题。”见我迟疑，她言之凿凿补充道：“这样的孩子我见多了。”

又一张转诊单。带上所有报告和新的转诊单，还有他，去了另一家更权威的大医院。

“听力筛查做过吧？”

“出生就做过了，没问题的。”

“那接不接受脑核磁？需要吃睡觉药的。”

“要不……我再想想吧。”说话的间隙，他在我怀里指着诊室的灯。

“他年龄还小，不能下诊断，你先回去干预，过三个月再来吧。”医生全程盯着电脑屏幕，在键盘上敲打着。直到我的孩子挥手和她道别，她才抬起头。

从一家医院到另一家医院，一位医生到另一位医生，同样的话不知说了多少遍：他还不会主动叫爸爸妈妈，但要求他就可以；他能听懂指令，只是不会每次都照做；他可以直视人的眼睛，从生下来就会；没有社交，他好像不喜欢和同龄人在一起，大人没问题，陌生人也行；颜色认识五六种，数字认识 1389 ；他最喜欢车，十几二十种都能指对；对绘本里的故事情节不感兴趣；没给他看电视或手机，平时和他互动很多。

“我没有错。”我心里想。

从他出生起，我倾注了大量的时间和心血，养育、陪伴、互动，读教育书，上网听课，努力吸收和理解各路庞杂的育儿知识。我自认为学习能力相当强，可是接触到的机构、培训师、医生、左邻右舍和亲戚朋友，都在不停告诉我，你错了——错在你没有立刻满足他的需求让他情绪崩溃，错在你太快满足他、阻碍了他的语言发育；错在你在他哭的时候没有第一时间安抚，留下了童年创伤，错在他哭的时候你立刻将他抱起来，让他学会了拿哭当做威胁；错在你带他去了人多的地方所以染上了病毒，错在你没有带他接触人群所以他没有社交的机会；错在户外活动时他一直在推婴儿车所以没有关注外界的事物，错在户外活动时他一个人跑在前面不安全。错在你，全在你。

干预机构的课程价格不菲。他们告诉我，现在是孩子语言发育的“黄金期”，“现在追还来得及”，课程督导的注视令我内心发慌。秉承源自国外的某个理念，他们训练他的大运动和精细运动能力，在游戏中激发他讲话。玩得很开心，回到家后，他仍是一个字也不说。

2

我们都在盼着他开口说话，毕竟大多数同龄孩子已经能用语言表达相对复杂的含义，而他还全靠哭喊和手势。一旦我们不能第一时间猜对他的意思，他便情绪失控，许久不能平复。商场，餐厅，小区楼下，公园，但凡他去过的地方，都有过他的哭号和眼泪，我们都曾因他倒地不起大哭不止而被人围观、侧目。没有孩子的时候，每每目睹这样的场景，心里或多或少会认为是父母管教不力导致的。然而真轮到自己，才发觉身处那样的境地，做父母的并没有太多选择。语言疏导、拥抱安抚、冷静处理、零食诱惑、转移注意，所有专家提议的办法我们都尝试过，却仍无法引导他用更温和的方式表达情绪和需求。

细究起来，他情绪失控的原因庞杂到无法可想，包括但不限于：下楼梯时被人牵手或摔倒后被人搀扶（手脚必须自由），骑滑板车遇到路障需要我们抬车前进（车把手是触碰禁区），吃饭时大人调换了座位（有违他理解的秩序），或是我取下头绳散开头发（梳辫子才是妈妈），食物吃到一半掉在地上（无论给他多少新食物，都替代不了掉在地上的那个）；还有不断涌现的“禁忌”——大多毫无道理，却是他拼死捍卫的防线，一旦不慎被突破，迎接我们家的将是一场疾风骤雨。

这令我们心力交瘁。

在他更小的时候，一岁以前，听到他哭，我会浑身冒汗，手足无措，甚至会耳鸣和头晕，担心他哪里不舒服。现在我只会困惑，他明明可以说出那些单字，为什么不说？

没有爆发时，一切都好商量，我会告诉他，不需要哭和喊，可以用嘴说，也可以用手势，“妈妈会听你说完，所以你不用担心，也不要着急”。现实情况是，通常等我问出“你想要什么？”他已情绪失控，哭得满头大汗，上气不接下气。

那个凌晨，天将亮未亮，黑暗中他将奶瓶砸向我，表达他无法抑制的愤怒。而我同样被激怒了：为什么“奶”这么简单的字都说不出，非要哭上十几分钟？或者，他想要的根本不是奶，只是图个安慰？

连续几晚，孩子都像这样睡到一半就哭起来，持续个把小时，原因不明。大概是楼房不隔音，吵到了隔壁，一天下班后，邻居阿姨悄悄将我拉到一边，说：“你晚上千万别带孩子出门。小孩子眼睛亮，出去见到不干净的东西，晚上回来就会哭。”爷爷奶奶听说了他的表现，第一反应是劝我们去给过世的太爷爷烧点纸，“老头临死前没见到曾孙，是一大憾事”。

成为母亲后，我时常感到孤立无援。这种感受是如此真实，个中缘由，我至今无法厘清。

3

关于他看似无理的哭闹，我猜想更有可能的一个解释是：他正在经历一场生活的巨变，而他独自一人无力应付。2024年11月23日，趁孩子和阿姨午睡，我和丈夫到家附近的影院看新上映的电影《好东西》。傍晚，从电影院出来，下扶梯，转弯便远远望见午睡后出门溜达的孩子和阿姨。

我和丈夫不约而同躲到了柱子后面。因为他一旦看见我们，我们整个下午的休闲计划就泡汤了。转身走出商场，我们并未想好要去哪里，最后还是决定先回家。临近晚饭，带孩子回家的阿姨跑来告诉我，她的丈夫因为脑溢血倒在了陕西农村的家中，几小时后才被外出归来的儿媳和孙子发现。“我现在必须得回去，手术需要签字，后期也需要人陪护。”

帮阿姨买回家的机票，看着她收拾好背包，毫不知情的孩子在一旁嬉闹，丈夫在厨房做饭，青椒的香气熏得我睁不开眼，眼泪的咸涩滋味冲荡着鼻腔。从孩子半岁起，阿姨就一直住家帮我们带孩子，是绝对的主力。双方的父母，一方年迈多病，一方适应不了繁重的育儿劳作。彼时我已休完产假，必须复工，丈夫也在上班，工作忙碌。当时孩子正处在添加辅食、学坐学爬的累人阶段，阿姨是我们唯一的依靠。她比我们更了解孩子的需求，从外出遛娃到哄睡陪玩，从做饭喂奶到洗澡洗衣，几乎全由她一人代劳。人是有惰性的，一旦有了可依靠的人，便不想再承担原本属于自己的责任。因此哪怕中途我俩均待业在家，也没有辞退阿姨，而是选择维持原状——直到那个夜晚骤然降临。

“因为情况不确定，年前我大概率回不来了，你们可以考虑找别人来帮忙。”在孩子的哭喊声中，我抹着眼泪送走阿姨。过去的一年半，我们像家人一样相处，已远非雇佣关系那样简单。在那样一个生死关头、一切未知的时刻，我也心乱如麻，忍不住想：阿姨会顺利到家吗？她的家人会平安无事吗？阿姨还会回来吗？我们还能继续一起抚养孩子长大吗？从她踏出家门的那一刻起，我是如此想念她——分不清这种想念是出于内心情感还是现实需要，抑或二者兼有。

阿姨离开后的一日，我收拾孩子的玩具，在书架上发现了一只黄色黏土捏成的小兔子，眼白和眼仁俱全，长长的耳朵中间不知用什么工具压出一条精致的缝，圆圆的尾巴蜷在身后。这只能是阿姨的手艺。在她的老家，逢年过节、婚丧嫁娶、老人过寿、小孩满月，都需要制作一种叫做“花馍”的面食，工艺精致。她曾用这手艺给我们做面点吃，酥皮饼、花馒头、油泼面，不一而足。那只兔子不知是何时捏成的，早已风干变硬。阿姨一个人在家带孩子，想必一定经历过难熬的孤独。我几乎能想象她一边看着一旁不会说话的孩子，一边捏出这只兔子的样子。想到这一幕，我无法克制地哭出声来。

遥远山村里那个男人的倒下，让我意识到，阿姨的照料者身份其实是横跨地域、代际和家庭的。她二十出头已育有一儿一女。儿女成婚后，她将两家的孙辈拉扯大。之后她进城打工，成为育儿嫂，先后服务城市里的几个家庭。如今骤然而至的变故，让她又不得不连夜返乡奔赴医院陪护丈夫。

孩子一刻也离不开人，平日和他朝夕相处的阿姨突然离开，更令他的情绪阴晴不定。以他的脾气秉性，再找新的阿姨不现实。我立即从公司请假，暂停所有工作，丈夫也没有心思找工作，我们带上孩子四处考察家附近的托育机构：有的沿街，没有孩子室外活动的空间；有的师生比过高，一位老师带八九个两岁以下的孩子；条件好一点的收费过高，条件一般的生源不足，担心倒闭。

在一家声称是“示范园”的托育机构，所有小朋友都吃完饭去到另一个房间游戏了，唯独一个小女孩被留在饭桌旁，她看上去也就一岁半的样子，在专心啃一个白馒头。我猜想那个馒头早已经凉了。我们的孩子呢？他会被留在一边吗？他还不会讲话，体力强得惊人，老师能招架得了这么容易歇斯底里的小孩吗？

最终，我们只好打电话向爷爷奶奶求助，请他们来京帮忙。一周后，我恢复了工作，丈夫全职在家，爷爷奶奶主要负责买菜做饭。我们的小家庭几经动荡，终于重新周密运转起来。丈夫负责白天，我负责夜晚，爷爷奶奶见缝插针，每个人都在努力适应新的节奏。

两个月里，白天上班，晚上带娃，其间孩子感染了一次甲流，高烧几天几夜不退；一次中招了诺如病毒，全家上吐下泻夜不能寐，日子掰着指头数。

春节前夕，阿姨打来电话，说丈夫已痊愈出院，没有后遗症，随时可以上户。这是那段时间唯一的好消息。放下电话，我对着超市的货架傻笑了好一会儿。

年过完，爷爷奶奶回老家，阿姨重新回来，发现我们的孩子似乎变成了另外的人：脾气暴躁，敏感多虑，喜怒无常。

4

连夜的哭闹击垮了我们的意志，他也因为表达不出想表达的意思痛苦不堪，我们最终还是决定带他去一家治疗发育迟缓的专科医院问诊。

不等我们讲述情况，主任医师便说：“你这孩子一看就比同龄孩子差很多。”她要求我们做一个全面筛查，价值上千元。既然来了，就是求一个答案，我们抱着孩子在三层楼之间上上下下，每一次检查都必然经历一番哭闹和拉扯。

若干小时后，等我们拿着检查结果再次坐到主任医师面前，她并未谈及家庭干预的方式方法，而是直接告知我们“智力低下”。说完，她抬头瞟一眼我们夫妻俩，推开病历本和报告单，桌面上露出了一张塑封纸，上面列出几项干预套餐，标价均上万元。她像健身房教练推销办卡一样，向我们兜售康复课的套餐。这时我才从疲惫中回过神，出离愤怒，并且心里开始质疑检查结果是否可靠。我感觉自己被蒙骗了，被利益驱动下的各种机构和个人合力围剿。全家人一天一天养大的孩子，倾尽心血和时间，用全身心去爱的孩子，尽管时常不服管教，但也有自己的天性和脾气，有自己的喜好和专注。我们无法接受医生用这样的字眼去定义他，还是当着他的面。因为他只是暂时说不出，他完全听得懂。

我们抱着他走出医院，疾驰而过的车流迅速将我们的脚步声淹没，阳光和煦，填满我们三个人的沉默。他何以如此，今后如何，辗转几家机构，问过不少人，我们始终没能得到一个确凿的回答。

“他只是语言发育慢。你小时候也是啊，好晚才会说话。”母亲听我一股脑说完，在手机那端试图安慰我，“你还记得你三岁的时候，因为说对了‘掩耳盗铃’的‘铃’，一激动把脑袋给磕了。”

我记得，三岁，姥姥家，我始终说不准“掩耳盗铃”的“铃”字，总把L说成Y（掩耳盗“迎”）。有一天，我独自在床上练习，说对之后雀跃欢呼，不小心跌倒，头撞到了墙。大哭声引来了父母，他们笑了好一会儿才停下来。

我从小就是个乖巧温顺的孩子，和大多数人对女孩的刻板印象类似——不淘气，不惹事，照顾周围人的情绪。我本以为这样的个性不会令父母操心，母亲却始终在担心：你小时候那么内向，同龄的小孩小嘴叭叭说，你说一句话都要想好半天，以后可怎么办啊？

“没想到长大以后居然还做记者，做演讲节目，倒吃上这碗饭了。”她在电话里笑。我时常会忘记，她就快七十岁了。和高中住校、上大学时一样，结束了一天的工作，我总要在路上拨个电话给她，东拉西扯。只不过年少时，这么做是为了在彷徨时安顿自己；如今人到中年，和她聊天更像是一种寻找：寻找这一路奔波落下的东西，那些能将一个孤零零的人锚定在这个世界上最本初的联结。从某种意义上讲，生育就是在创造这样的联系吧，我想。

“你到现在还在担心我吗？”我问，担心自己是不是和她倾吐太多，让她操心。

“什么时候不操心啊，当妈妈的。”

对于她持续的付出和操心，我所能回馈的并不多。于是我不止一次问她：“生孩子有什么好处啊？”见她防备地瞪圆眼睛，不等她开口，我便又追问：“就比如，养我有什么好处啊？长到三十几岁，你们指望上我什么了？”

她停顿了一会儿，纠正我：“话不是这么说，父母对孩子，哪有那么算的。”

“不亏吗？明明可以做好多别的事。”

她顿了顿，问我接下来打算怎么办。

“什么怎么办？”

“久久啊，你不是带他去看了。”

她总有这样的本领，从一个话题跳转到另一个话题，无缝衔接，思维敏捷，不容置辩。

“和你当年一样。兵来将挡水来土掩。”

“对，就应该这样，”她有些激动，音调升高了不少，“不要想太多，人生就是这样，到我这个年纪再看，六七十年还不是眨眼工夫。所以人得学会给自己找乐，别为没发生的事发愁。”

原来一直以来，她教给我的事并不复杂，无非就是——咬紧牙关，义无反顾。

事实证明，母亲没有骗我。

就在那位主任说出“全面迟缓，智力低下”差不多三个月后，就在我反复修订这部书稿、等候这本书出版的过程中，我的孩子偷偷学会了很多东西。

他用两天时间掌握了平衡车，在山坡和野地间骑得飞快，追也追不上。他爱上了采集和收纳，热衷于收集林子里的悬铃木种球、杨树的花、被太阳晒干的蜗牛壳、蜷成一团的西瓜虫。他会和我一起将脏衣服塞进洗衣机，再按按钮让滚筒旋转起来，也会帮我把晾干的袜子配成对。

从“拿”“帮”“要”“吃”这些单字开始，每每得到帮助，哪怕微不足道，他都会字正腔圆地说“谢谢”。他还学会了“躲猫猫”“举高高”，总是躲在最显眼的位置让我找。但凡我假装找不到，躺椅下方或门后便传来他叽叽嘎嘎的笑。

他说，喜欢妈妈，也说，爸爸抱抱。他用他的方式明确告诉我，比起商场，他更喜欢公园，比起和小朋友们待在一起，他更爱一个人待着。

他最喜欢的诗是《静夜思》，虽然不一定知道那些顿挫的语句是什么意思，他还是会在听到这首诗时手舞足蹈，大声喊着“李白李白”；心情好的时候，偶尔还能跟读《百家姓》和《声律启蒙》。在他这个年纪，绝大多数小孩已经可以流畅表达很多事、和大人顶嘴，嘴甜的小孩甚至还会和父母撒娇，寻求安慰。但他每天的进步都让我们欣喜，哪怕极为缓慢。

我的孩子教给我的，是不被外界规训的自我步调，是心平气和的等待，是一种和自由、诚实有关的东西。

我打算用他教会我的事，写下这本书。我从来没有尝试过这么艰难的写作，需要反复衡量：私人与公共的边界、在生育这件事上言说的尺度、情感与现实的矛盾冲突，还有文字所能抵达的真实程度。

我希望能够如实记录下一个特殊时期的个人经验。如果这份记录能够抚慰有过类似经历或即将为人母的女性，那将是我莫大的安慰。这本书并不是在塑造一个多么完美的母亲——生而为人，我们都不可避免地带着自己身上的伤痛，一步步往前走。仅仅是往前走这个动作，便足以构成意义本身。它当然也不是在说服或怂恿任何人成为母亲，更不是在讲有缺点的人不能成为母亲。

我真正想要触及的命题是人的有限性。当我们追溯一件事为何发生，本身会牵扯诸多相互关联的复杂事物。就生育而言，时至今日我仍在质疑自己：这个世界足够好吗？好到能让一个新生命诞生在其中吗？我够格成为母亲吗？这条成为母亲的路有任何可以借鉴的东西吗？一种经验会比另一种经验更好吗？

我相信，如果有一个文本声称自己回答了上述命题，那么它一定是不够真实可信的。我不想诓骗自己和读者，说自己从头至尾都清楚明白。恰恰相反，无数时刻，我都处于困惑、窘迫之中。我写下的这些文字，与其说是一种参照，不如说是一份样本，一个切片。

正如我在前文所写：“我们一直身处诸多可能性之中，面临无数条难以预见结果的路径。人是这样有限，又是这样孤独，很多时候甚至不能够完全决定自己的去路。我很庆幸能有这个机会和你讲述我的有限，我的无知无措。”

毕竟，这并不仅是个人选择的问题。

2023.11—2024.3 初稿

2024.7 二稿　2024.11 三稿

2025.3 四稿　2025.7 终稿

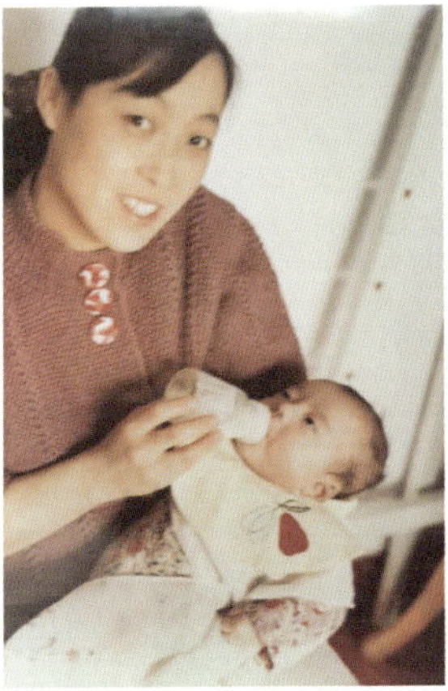

三十多年前和我现在一般年纪的母亲抱着我，就像如今她抱着我的孩子。